教你讀
唐代傳奇 集異記

劉瑛——著

導讀

劉瑛

一、前言

六朝小說以志怪為主。所謂志怪，只是逑說一些怪事異物，以我們現在的標準來衡量，其中勉強可稱之為小說的，實在太少。而以「異」為名的書卻層出不窮。明胡應麟《少室山房筆叢》卷三十六中曾說：他頗有輯「百家異苑」之想。他列舉以「異」為名的書達三十餘種。《集異記》即列名其中。這些書的主題，都不外是「怪事」「異物」。

一般人都好奇，而志怪類的書、文，正是滿足人好奇心的產品。六朝固然如此，唐宋以後，猶復如此。甚至乎到了清朝，像蒲松齡的《聊齋誌異》，紀曉嵐的《閱微草堂筆記》，誌的是異，記的也是異。和志怪一脈相承。

唐代有好些類似志怪的作品。其與六朝志怪相異之處，乃是：唐士人的作品，有人物，有情節，有高潮，也可說是唐士人幻設的小說。學者早有定論。即以《集異記》一書而言，其中的〈集翠裘〉、〈王渙之〉等，都是十分動人的小說。

〈集翠裘〉述說武則天臨朝之時，南海郡獻上「集翠裘」，是一件非常美麗而又非常珍貴的衣服。武則天把它賞賜給她的面首張昌宗。閒來無事，武則天和張昌宗兩個玩雙陸（一種賭博遊戲）。適逢宰相狄仁傑到來奏事。則天令昇座。因命狄仁傑和張昌宗兩個對玩。狄仁傑謝恩就座。則天問：「你們兩個賭什麼？」狄仁傑說：「爭先二籌，就賭昌宗身上所披的毛皮衣。」則天又問：「你拿什麼對賭？」狄仁傑說：「就拿身上的紫絁袍相衣對賭。」武則天笑說：「你不知道這一件毛裘價逾千金，你的衣服卻不值錢。」狄仁傑站起身說：「臣此袍乃大臣朝見陛下奏事所穿，昌宗的毛皮衣乃嬖倖寵遇之服。拿來和我的宰相衣相比，我還覺得心有不快呢！」

武則天既已處分了，便只好讓二人賭。其時張昌宗在氣勢上已輸了一大截，心赧神沮，連連敗北。狄仁傑當著武則天的面剝下張昌宗身上披的集翠裘，拜恩而出。到了光範門，狄仁傑便把集翠裘交給家奴穿。

這一個小小故事，有人物、有情節、有高潮，可稱得上是一篇非常動人的短篇小說。詞人固將它援引成典實，劇作家也看出它有賣點，因而編成戲劇型態搬演。

其次如〈王渙之〉一篇，述說開元詩人王昌齡、高適和王渙之，落拓江湖，時相過從。一日，天寒微雪，三人又到旗亭，賒酒共飲。忽然有女戲子一批十數人，登樓會讌。三人因而避坐到一邊，烤火，喝酒。作壁上觀。一會兒，又有妙妓四人，連袂而至。奢華冶艷，蓮步生姿。旋即開始奏樂、唱歌。

昌齡等三人相約說：「我們三人都有詩名，卻都不能評定，誰第一，誰第二。今天便以這些伶官所唱的詩來評斷。誰的詩唱出來最多的，便算優勝。」

當即有一位伶官唱：「寒雨連江夜入吳，平明送客楚山孤。洛陽親友如相問，一片冰心在玉壺。」

昌齡便在壁上畫一道。說：「一絕句。」

又一伶官唱道：「奉帚平明金殿開，且將團扇共徘徊。玉顏不及寒鴉色，猶帶昭陽日影來。」

昌齡又引手書壁曰：「二絕句。」

王渙之自以為享詩名已久，應該不會沒人唱他的詩。因對昌齡和高適說：「這些都是潦倒的小伶官。所唱的不過下里巴人的俚句！陽春白雪之曲，她們當然不會懂得唱。」因指眾伶官中最年輕貌美的一人說：「假如這位姑娘唱的不是我的詩，我便終身不敢和你們二位爭高下。若她唱的是我的詩，你們二人便得拜倒我座下，奉我為老師。」說完，微笑著，耐心等待。

不一會兒，這位美貌姑娘發聲唱歌。她唱的分明是「黃河遠上白雲間，一片孤城萬仞山，羌笛何須怨楊柳，春風不度玉門關。」

渙之聽了，即揶揄二人說：「鄉巴佬，我說的可沒錯吧？」

三人相顧，哈哈大笑。

他們的笑聲，驚動了這些伶官。便有幾位好事的伶官過來問究竟。這些姑娘們得知原委後，紛紛過來拜見。說：「俗眼不識神仙。難得三位大詩人在場。務乞屈駕，俯就筵席。」

三位大詩人覺得盛情難卻，和這批伶官喝了一天的酒。

這也是一個有趣的短篇小說，描述詩人的風流韻事。在士林傳誦。遂成典故。文人引述，歷久不衰。且搬演為戲曲。像：明鄭之文的〈旗亭記〉傳奇、清張龍文的〈旗亭燕〉雜劇、盧見增的〈旗亭記〉傳奇，都很賣座。

二、《集異記》其書

《集異記》一書，《新唐書》卷五十九〈藝文〉三子部小說類有著錄：「薛用弱《集異記》三卷。」其下註云：「字中勝。長慶光州刺史。」（按：長慶是唐穆宗年號。只有四年。由西元八二一至八二四年。）

《宋史》卷二百六〈藝文〉五載：「薛用弱《集異記》一卷。」似乎《集異記》三卷，到了元代，只遺下一卷了。也可能是三卷併成了一卷。

而宋代晁公武讀到的《集異記》仍是三卷本。他所著的《郡齋讀書志》卷三下有「《集異記》三卷」一條。其後註云：「右唐薛用弱撰。集隋唐間詭譎之事。一題《古異記》。」晁公武讀到的三卷本，到元朝脫脫等編寫《宋史》時，三卷又變成了一卷。但同時代的馬端臨（西元一二二八年至一三二二年。此公竟活了九十餘歲。）所著《文獻通考》，他的書大部分是依據晁公武的《讀書志》，是以也列為三卷。

清《四庫全書總目》列「《集異記》一卷」。註云：「記凡十六條。首載徐佐卿化鶴事。」《四庫全書提要》稱此書：「敘述頗有文采，勝他小說之凡鄙。」

我們現在讀到的是世界書局〈世界文庫〉〈四庫刊要〉本。乃根據顧氏文房小說《集異記》校錄的。全書分為兩卷。所載的也只有十六事。首為〈徐佐卿化鶴〉。書後有「陽山顧氏十友齋宋本重刻」字樣。又有商務《萬有文庫薈要》由吳曾祺編的《舊小說》，其中採載自《集異記》一書的共四十六篇。《太平廣記》中注有「出《集異記》」者共七十七篇。而另有註明為「出《廣德神異錄》」的〈徐佐卿〉，其實也是《集異記》的一篇。合共七十八篇之多。可能宋太平興國年間李昉等編集《太平廣記》時，三卷本的《集異記》還在。這七十八篇是否便是三卷本《集異記》的全貌，我們不敢斷言，但相信與原書相去不遠。

此外，《廣記》中還有注出於其他書者，我們也未列入。例如，卷三百四十六的〈劉惟清〉一條，原注「出《異聞錄》」。而其後又注云：「明鈔本作出《集異記》。」又如卷三百四十二的〈趙叔牙〉一條。原注「出《詳異記》」。其後又注云：「明鈔來作：出《集異記》。「後注」都是今人校勘《廣記》各版本後加上去的。像這類不能確定其出處的篇章，我們都未計入。

我們現在把《太平廣記》、商務本《舊小說》和世界本《集異記》三書篇目表列於次。我們以《廣記》為本，其他二書為輔。三書有相同篇目者，依序排列。後二書有篇目而廣記無有者，另列於後：

篇名	太平廣記			舊小說		集異記	
	太平廣記			舊小說・集異記		世界集異記	
	篇名	卷次	篇次	篇名	篇次	篇名	篇次
一	王四郎	三十五	四	王四郎	二十八		
二	徐佐卿	三十六	一	徐佐卿	一	徐佐卿	一
三	李清	三十六	四	李清	四十二		
四	蔡少霞	五十五	三			蔡少霞	七
五	玉女	六十三	一	玉女	二十七		
六	趙操	七十二	五	趙操	三十		
七	符契元	七十八	八				
八	茅安道	七十八	十	茅安道	三十一		
九	石旻	七十八	十				
十	李子牟	八十二	四				
十一	奚樂山	八十四	六				
十二	阿足師	九十七	八				
十三	邢曹進	一〇一	一			邢曹進	十二
十四	殭僧	一〇一	三				
十五	僧澄空	一一四	十			平等閣	三
十六	蘇頲	一三二	十四				
十七	王國安	一二八	二				

太平廣記				舊小說		集異記	
太平廣記				舊小說・集異記		世界集異記	
篇名		卷次	篇次	篇名	篇次	篇名	篇次
十八	汪鳳	一四〇	五	汪鳳	四十五		
十九	王維	一七九	四	王維	四	王維	九
二十	賈人妻	一九六	五	賈人妻	四十一		
廿一	魏淑	二三〇	廿一				
廿二	李欽瑤	二三七	五				
廿三	王積薪	二二八	二	王積薪	三十四		
廿四	孫氏	二七六	四十四				
廿五	張鎰	二七八	一	張鎰	六	張鎰	十一
廿六	高元裕	二七八	十一				
廿七	衛庭訓	三〇二	二	衛庭訓	十六		
廿八	崔圓	三〇三	三	崔圓	三十五		
廿九	張光晟	三〇四	六	張光晟	十六		
三十	李納	三〇五	七	李納	二十七		
卅一	沈聿	三〇七	一	沈聿	十二		
卅二	永清縣廟	三〇七	六	永清縣廟	十三		
卅三	凌華	三〇七	十三				
卅四	劉元迥	三〇八	四	劉元迥	二十四		

太平廣記				舊小說		集異記	
太平廣記				舊小說・集異記		世界集異記	
篇名		卷次	篇次	篇名	篇次	篇名	篇次
卅五	馬總	三〇八	七	馬總	二十二		
卅六	薛琛	三〇九	一				
卅七	陳導	三二八	十一	陳導	二十一		
卅八	蕭穎士	三三二	八	蕭穎士	三	蕭穎士	五
卅九	裴通遠			裴通遠家女	七	裴通遠	十二
四十	鄔濤	三四七	二	鄔濤	十七		
四一	李佐文	三四七	六				
四二	裴珙	三五八	十二	裴珙	二	裴珙	四
四三	金友章	三六四	九	金友章	十九		
四四	于凝	三六四	十				
四五	宮山僧	三六五	十一				
四六	劉玄	三六八	五				
四七	游仙先	三六八	六				
四八	李楚賓	三六九	九	李楚賓	十四		
四九	張式	三九〇	九				
五十	徐智通	三九四	七				
五一	裴用	三九四	十三				

太平廣記				舊小說		集異記	
太平廣記				舊小說·集異記		世界集異記	
篇名		卷次	篇次	篇名	篇次	篇名	篇次
五二	李勉	四〇二	十四				
五三	集翠裘	四〇五	十三	集翠裘	十	集翠裘	八
五四	嘉陵江巨木	四〇五	十八	嘉陵江巨木	二十三		
五五	光華寺客	四一七	一	光華寺客	四十一		
五六	劉禹錫	四二二	二				
五七	韋宥	四二二	九			韋宥	六
五八	裴越客	四二八	八	裴越客	二十		
五九	丁岊	四二九	三	丁岊	四十		
六十	王瑤	四三三	五	王瑤	三十二		
六一	崔韜	四三三	八	崔韜	三十三		
六二	楊褒	四三七	五	楊褒	二十九		
六三	鄭韶	四三七	六	鄭韶	二十五		
六四	柳超	四三七	七	柳超	二十六		
六五	盧言	四三七	十二				
六六	田招	四三七	十九	田招	四十三		
六七	裴度	四三七	二十				
六八	朱休之	四三八	二				

	太平廣記			舊小說		集異記	
	太平廣記			舊小說・集異記		世界集異記	
篇名		卷次	篇次	篇名	篇次	篇名	篇次
六九	胡志忠	四三八	十三	胡志忠	三十八		
七〇	李汾	四三九	廿四				
七一	張華	四四二	十一				
七二	崔商	四四五	四				
七三	徐安	四五〇	四	徐安	十八		
七四	僧宴通	四五一	十五				
七五	薛夔	四五四	二				
七六	朱覲	四五六	三八				
七七	裴伷	四六六	十三	裴伷	四十四		
七八	鄧元佐	四七一	一	鄧元佐	三十九		
七九				王渙之	五（註）	王渙之	十
八十				韋知微	八	韋知微	十四
八一				狄梁公	九	狄梁公	十五

（註：按「黃河遠上」一詩，實為王之渙所著，而非王渙之。近代選家有將此文直題為「王之渙」者。我們注意到的是整個故事，故未講求人名。將此附註，藉供讀者參考。

從上表所列來看，我們共找到《集異記》的篇章，《廣記》中有七十八篇，《舊小說》中四十五篇，世界《集異記》十五篇。除去相同的篇章，他二書中，共有四篇，《廣記》未列入。我們一共找到了八十二篇之多。這八十二篇是否就是三卷《集異記》的全貌，我們不敢肯定。但我們相信，應該也差不多了。

還有幾篇出處不十分確定的，如〈葉法善〉，或云出自《仙傳述遺》，我們也未列入。

三、《集異記》的著者

薛用弱是《集異記》的著者，自來已有定論，但薛用弱的生平事蹟，除了〈新唐書〉〈藝文志〉中所說的「字中勝、長慶光州刺史」之外，其他的典籍，如〈舊唐書〉、〈登科記考〉、〈唐會要〉、〈唐詩記事〉等，都沒有一字提到薛用弱。《唐才子傳》中也未列名。皇甫枚所著的《三水小牘》中有一篇題名〈徐煥〉的，轉載於《太平廣記》卷三百一十二，提及薛用弱：

> 太和初，薛用弱自儀曹郎出守此郡（弋陽郡）。為政嚴而不殘。一夕，夢贊者云：「黑水將軍至。」延之，乃偉岸丈夫。鬚目雄傑，介金附鞬。既坐，曰：「某頃溺於茲水

（指黑水河），自以秉仁義之心，得展訴於上帝。帝曰：『爾陰位方崇。』遂授此任，郎中可為之祠河上，當保佑斯民。」言訖而寤。遂命建祠設祭。水旱災沴，禱之皆應……

《唐尚書省郎官石柱題名考》卷十九「禮部郎中」條便根據《三水小牘》將薛用弱列入。如此而已。

此處所稱的弋陽，不是江西省的弋陽，而是河南省潢川縣西南之地。

至於《集異記》的文章，《四庫提要》說：

敘述頗有文采，勝他小說之凡鄙。

明人胡應麟說：

薛用弱《集異記》文采尚出《玄怪（錄）》下，而山玄卿一銘殊工，蓋唐二百年，如此銘者亦罕睹矣。豈薛生能幻設乎？余舊奇此作。讀洪景盧《（容齋）隨筆》亦以為青蓮。叔夜之流。不覺欣然自快。（《少室山房筆叢》卷三十七〈二酉綴餘〉下。）

今人汪國垣編《唐人小說集》。在《集異記》之下註云：

此書雖為小說家言，然唐宋以來，其所以流傳不廢者，實以文辭雅訓，搜奇述異，雋永可觀。其中如徐佐卿、蔡少霞、王右丞、王渙之諸條，詞人援引，遂成典實。固唐人小說中之魁壘也。

我們認為汪辟疆氏的這番評語，較為中肯。

目次

一、王四郎

洛陽尉王琚。有孽姪❶，小名四郎。孩提之歲，其母他適，因隨去❷。自後或十年五年至琚家，而王氏不復錄矣❸。

唐元和中❹，琚因常調❺，自鄭入京，道出東都。方過天津橋，四郎忽於馬前跪拜。布衣草履，形貌山野。琚不識。因自言其名，琚哀愍久之。乃曰：「叔今赴選，費用固多，少物奉獻，以助其費。」即於懷中出金，可五兩許。色如雞冠。因曰：「此不可與常者等價也。到京，但於金市訪張蓬子付之，當得二百千。」琚異之。即謂曰：「爾頃在何處？今復何適？」對曰：「向居王屋山下洞，今將往峨嵋山。知叔到此，故候拜覲。」琚又曰：「爾今停泊在何處？」對曰：「中橋逆旅席氏之家。」時方小雨。會琚不賫雨衣，遽去。曰：「吾即至爾居。」四郎又拜曰：「行李有期，恐不獲祗候。」

琚還歸，易服而往。則已行矣。因詢之席氏。乃曰：「妻妾四五人，皆有殊色。

至於衣服鞍馬，華侈非常。其王處士肩輿先行，云往劍南。」琚私奇之，然未信也。及至上都。時物翔貴❻，財用頗乏。因謂家奴吉兒曰：「爾將四郎所留者一訪之。」果有張蓬子。乃出金示之。蓬子驚喜，捧而叩顙曰：「何從得此，所要幾緡？」吉兒即曰：「二百千耳。」蓬子遂置酒食宴吉兒。即依請而付。又曰：「若更有，可以再來。」吉兒以錢歸。琚大異之。明日，自詣蓬子。蓬子曰：「此王四郎所貨化金也。西域商賈專此伺買，且無定價。但四郎本約多少耳。逾則不必受也。」琚遂更不取焉。自後留心訪問，冀一會遇，終不復見之。

校志

一、本文根據《太平廣記》卷三十五與商務《舊小說》第五集《集異記》校錄，予以分段，並加上標點符號。

註釋

❶孽姪——兄弟的小妾所生的兒子。

❷其母他適，因隨去——母親另嫁，他跟隨母親而去。

❸王氏不復錄矣——王家不再認這個兒子了。

❹唐元和中——元和是唐憲宗的年號，共十五年，從西元八〇六至八二〇年。

❺常調——官有任期。任期滿了便須調任。稱常調。

❻翔貴——物價騰貴，如鳥上翔。

二、徐佐卿

明皇天寶十三載，重陽日，獵於沙苑❶，雲間有孤鶴迴翔焉，上親御弧矢❷，一發而中。其鶴則帶箭徐墜，將及地丈許，欻然矯翰西南而逝❸。萬衆極目，良久乃滅。益州城距郭十五里，有明月觀焉。依山臨水，松桂深寂。道流非脩習精慤❹者，莫得而居。觀之東廊❺第一院，尤為幽絕。每有自稱青城道士徐佐卿者，風局清古❻，一歲率三四而至焉。觀之耆舊❼，因虛其院之正堂，以俟其來。而佐卿至則棲焉。或三五日，或旬朔，言歸青城。甚為道流所傾仰。

一日，忽自外至，神爽不怡。謂院中人曰：「吾行山中，偶為飛矢所加，尋已無恙矣。然此箭非人間所有，吾留之於壁上。後年，箭主到此，即宜付之。慎無墜失。」仍援毫記壁云：「留箭之日，則十三載九月九日也。」

及玄宗避狄幸蜀❽，暇日命駕行遊，偶至斯觀。樂其佳景，因遍幸道室。既入此堂，忽睹挂箭，命侍臣取而翫之，蓋御箭也。深異之。因詢觀之道士，皆以實對。即是佐卿所題。乃前歲沙苑縱畋❾之日也。佐卿蓋中箭孤鶴耳。究其題，乃沙苑翻飛，當日集於斯歟？上大奇之。因收其箭而寶焉。自後蜀人亦無復有逢佐卿者矣。

校志

一、據《太平廣記》卷三十六、商務《舊小說》第五集《集異記》及世界顧氏十友齋案本原刻《集異記》校錄並加標點符號。

註釋

❶天寶十三載——天寶、唐玄宗的年號。共十五年（西元七四二至七五五年。）

❷上親御弧矢——弧矢即弓箭。天子親自使用弓箭。御：控制。

❸欻然矯翰西南而逝——欻然、突然。翰是強的羽毛。矯翰：修正羽毛。本已射傷，牠把傷的羽毛給矯正了。

❹脩習精慤——精慤、精誠。

❺觀之東廓——習慣上，和尚住的，叫「廟」、「寺」。道士們住的，叫「觀」。「廟」裡供的是「佛」。「觀」裡供的是「仙」。東廓：應該是「東廊」之誤。

❻風局清古——風度、格局，很清奇高古。

❼耆舊——觀中的老一輩者。耆：六十歲叫耆。耆舊：年高而夙負德位之重望者。

❽避狄幸蜀——狄：北人。幸：皇帝到臨。玄宗避安祿山而臨幸蜀，即四川。

❾畋——音田，打獵。

三、李清

李清北海人也。代傳染業。清少學道，多延齊魯之術士道流，必誠敬接奉之。終無所遇，而勤求之意彌切。家富於財，素為州里之豪甿❶。子孫及內外姻族，近百數家。皆能遊手射利於益都❷。每清生日，則爭先餽遺。填積百餘萬。清性仁儉，來則不拒，納亦不散。如此相因，填累藏舍。

年六十九，生日前一旬，忽召姻族，大陳酒食。已而謂曰：「吾賴爾輩勤力無過，各能生活。以是吾獲優贍❸。然吾布衣蔬食，逾三十年矣。寧復有意於華侈哉？爾輩以吾老長行，每餽吾生日。衣裝玩具，侈亦至矣❹。然吾自以久所得，緘之一室，曾未閱視，徒損爾之給用，資吾之糞土。竟何為哉！幸天未錄吾魂氣❺，行將又及吾之生辰。吾固知爾輩又營續壽之禮❻。吾所以先期而會，蓋止爾之常態耳。」

子孫皆曰：「續壽自遠有之，非此將何以展卑下孝敬之心？願無止絕，俾姻故之不安也。❼」

清曰：「苟爾輩志不可奪，則從吾所欲而致之可乎？」皆曰：「願聞尊旨。」

清曰：「各能遺吾洪纖麻縻百尺❽，總而計之，是吾獲數千百丈矣。以此為紹續吾壽❾，豈不延長哉？」

皆曰：「謹奉教。然尊旨必有所以，卑小敢問。」

清笑謂曰：「終亦須令爾輩知之。吾下界俗人，妄意求道。精神心力，夙夜勤勞❿。于今六十載矣。而曾無影響。吾年已老耄。朽蠹殆盡⓫。自期筋骸，不過三二年耳。欲乘視聽步履之尚能，將行早志。爾輩幸無吾阻。」

先是青州南十里，有高山俯壓郡城。峰頂中裂，豁為關崖⓬。州人家家坐對嵐岫⓭，歸雲過鳥，歷歷盡見。按圖經云：雲門山，俗亦謂之劈山，而清蓄意多時。及是謂姻族曰：「雲門山，神仙之窟宅也，吾將往焉。吾生日坐大竹簣⓮。以轆轤自縋而下⓯，以纖縻為媒焉⓰。脫不可前，吾當急引其媒，爾則出吾於媒末。設有所遇，而能肆吾志⓱，亦當復來歸。」

子孫姻族泣諫曰：「冥寞深遠，不測紀極⓲。況山精木魅，虵虺怪物，何類不儲⓳？忍以千金之身，自投於斯？豈久視永年之階乎！」

清曰：「吾志也。汝輩必阻，則吾私行矣⓴。是不獲行簣洪縻之安也。」

衆知不可迴，則共治其事㉑。及期，而姻族鄉里，凡千百人，競齎酒饌㉒。遲明，大會於山椒㉓。清乃揮手辭謝而入焉。良久及地。其中極暗。仰視天，纔如手掌。捫四壁，止容兩席許。東南有穴，可俯僂而入。乃棄貫遊焉。初甚狹細，前往則可伸腰。如此約行三十里，晃朗澂明㉔。俄及洞口。山川景象，雲煙草樹，宛非人世。曠望久之。帷東南十數里，隱映若有居人焉。因徐步詣之。至則陡絕一臺，基級極峻。而南向可以登陟㉕。遂虔誠而上。頗懷恐懼。及至，闃㉖其堂宇甚嚴。中有道士四五人。

清於是扣門。俄有青童應門。問焉。答曰：「青州染工李清。」青童如詞以報，清聞中堂曰：「李清伊來也？」乃令前。清惶怖趨拜。當軒一人遙語曰：「未宜來，何即遽至？」因令遍拜諸賢。其時日已午。

忽有白髮翁自門而入，禮謁啓曰：「蓬萊霞明觀。丁尊師新到，衆聖令邀諸眞登上清赴會。」於是列眞偕行。謂清曰：「汝且居此。」臨出顧曰：「愼無開北扉。」

清巡視院宇，兼啓東西門，情意飄飄然。自謂永棲眞境。因至堂北。見北戶斜掩。偶出顧望，下為青州，宛然在目。離思歸心，良久方已。悔恨思返。諸眞則已還矣。其中相謂曰：「令其勿犯北門，竟爾自惑！信知仙界不可妄至也。」因與瓶中酒一甌，其色濃白。既而謂曰：「汝可且歸。」清則叩頭求哀，又云：「無路卻返。」衆謂清曰：「會當至此，但時限未耳。汝無苦無途，但閉目足至地，則到鄉也。」清不得已，流涕辭行。

或相謂曰：「既遣其歸，須令有以為生。」清心特豪富，訝此語為不知己。人顧清曰：「汝於堂內閣上，取一軸書去。」清既得。謂清曰：「脫歸無倚27，可以此書自給。」

清遂閉目，覺身如飛鳥。但聞風水之聲相激，須臾履地。開目即青州之南門。其時纔申末。城隍阡陌，髣髴如舊。至於屋室樹木，人民服用，已盡變改。獨行盡日，更無一人相識者。即詣故居，朝來之大宅宏門，改張新舊，曾無倣像。左側有業染者，因投詣與之語。其人稱姓李。自云：「我本北海富家。」因指前後閭閈28。此皆我祖先之故業。曾聞先祖於隋開皇四年生日。自縋南山，不知所終。因是家道淪破。」

清悒怏久之。乃換姓氏。寓遊城邑。因取所得書閱之，則療小兒諸疫方也。其年輕州小兒癘疫，清之所醫，無不立愈。不旬月，財產復振。時高宗永徽元年29。天下富庶，而北海往往有知清者。因是齊魯人從而學道術者，凡百千輩。至五年乃謝門徒。云：「吾往泰山觀封禪。」自此莫知所往。

校志

一、本文據《太平廣記》卷三十六與商務《舊小說》第五集校錄，予以分段，並加注標點符號。

註釋

❶素為州里之豪甿——甿、力田之人。李清有財富，向來是鄉里中的豪富田民。

❷益都——古青州府治所在縣。李清的內外姻族都能在益都謀生、賺錢。

❸吾獲優贍——我得到優裕的供養。

❹侈亦至矣——已經夠奢侈的了。

❺幸天未錄吾魂氣——所幸老天沒有召回我的魂魄氣息。

❻續壽之禮——賀壽之禮。

❼願無止絕，俾姻故之不安也——希望不要不接受我們孝敬之心，而使姻親故人心有不安。

❽遺吾洪纖麻縻百尺——遺、贈。給。給我粗大麻繮繩一百尺。

❾紹續吾壽——紹、繼承。此四字大意為「祝我年壽綿長。」

❿夙夜勤勞——自早到晚的勤勞。夙是早晨。

⓫吾年已老耄。朽蠹殆盡——古時七十以上都可稱耄。朽是腐爛。蠹是啃書的蟲，蝕木的蟲，引申為破壞、損害。李清說：我已經太老了，身體各部都腐爛得快要完了！

⓬峰頂中裂，豁為關崖——山峰從中裂開，豁然成為崖。

⓭嵐岫——嵐：山氣蒸潤。岫、山洞。山洞中雲氣出入也。

⓮大竹簣——簣、土籠。大的竹籠。

⓯以轆轤自縋而下——用絞盤吊下。縋：以繩懸之使下。

⓰以纖縻為媒焉——用細繩為「媒繩」。若不能前進，李清便會急拉媒繩，大家便會把他再用轆轤拉上來。

⓱肆吾志——肆志、縱意也。肆吾志：遂吾意。

⓲冥寞深遠，不測紀極——冥：窮高極深。寞：寂寞。紀極：終極。難測知深淺。

⓳山精木魅，虵虺怪物，何類不儲？——魅、怪物也。虵：蛇俗字。虺：音卉，也是蛇類。意謂山谷中，山精木怪，蛇蟲怪物，什麼沒有？

⓴吾志也。汝輩必阻，則吾私行矣！——這是我的志向，若你們一定要阻止，我就只好私自行動了。

㉑眾知不可迴，則共治其事——大家知道無法挽回，乃決定共同行動。（以免李清私人獨行。）
㉒競齎酒饌——齎：付。送（人物事也）。拿來酒和食物。
㉓大會於山椒——山頂曰椒。大會於山頂。
㉔晃朗微明——晃朗：明貌。
㉕陡絕一臺，基級極峻。而南向可以登陟——陡：峻也。陟：升。非常陡的一個臺，石級極陡，南面可以攀升。
㉖闚——同窺。竊視。
㉗脫歸無倚——若回去沒有倚靠。即是說無法生活。
㉘前後閭閈——閈、閭也。古來五房為比，五比為閭。一閭為二十五間房。總之，閭閈，謂前前後後的許多屋子。
㉙高宗永徽元年——約當西元六五一年。（李清隋開皇四年離家，時為西元五八四年。唐永徽永年回家，約當西元六五一年。共六十六年之久。他開皇年間已七十左右，至此，已一百三十餘歲了。）

四、蔡少霞

蔡少霞，陳留人也。性情恬和❶，幼而奉道。早歲明經❷得第，選蘄州參軍。秩滿❸，漂寓江淮者久之。再授兗州泗水丞。遂於縣東二十里，買山築室。為終焉之計❹。居處深僻，俯近龜蒙。水石雲霞，境象殊勝❺。

少霞世累早祛，尤諧夙尚❻。於一日沿溪獨行，忽得美蔭，因就憩焉。神思昏然，不覺成寐。因為褐衣鹿幘人之夢中召去❼。隨之遠遠，乃至城廓處所。碧天虛曠，瑞日曈曨。人俗潔清，卉木鮮茂❽。少霞舉目移足，惶惑不寧。即被導之令前。經歷門堂，深邃莫測。遙見玉人，當軒獨立。少霞遽修敬謁❾。

玉人謂曰：「愍子虔心，今宜領事。❿」少霞靡知所謂。復為鹿幘人引至東廊。止於石碑之側。謂少霞曰：「召君書此，賀遇良因。⓫」

少霞素不工書，即極辭讓。鹿幘人曰：「但按文而錄，胡乃拒違？」⓬

俄有二青僮，自北而至。一捧牙箱，内有兩幅紫絹文書，一齎筆硯⓭。即付少霞曰：「法此而寫。」

少霞凝神搦管⓮，頃刻而畢。因覽讀之，已記於心矣。題云：「蒼龍溪新宮銘」，紫陽真人山玄卿撰：

「蒼龍溪新宮銘，紫陽真人山玄卿撰。良常西麓，源澤東澨。新宮宏宏，崇軒巘巘。雕珉盤礎，鏤檀竦桀。壁瓦鱗差，瑤階肪截。閣凝瑞霧，樓橫祥霓。騶虞巡徼，昌明捧闑。珠樹規連，玉泉矩洩。靈飆遐集，聖日俯晰。太上游儲，無極便闕。百神守護，諸真班列。仙翁鵠駕，道師冰潔。飲玉成漿，饌瓊為屑。桂旗不動，蘭屋互設。妙樂竟臻，流鈴間發。天籟虛徐，風簫泠澈。鳳歌諧律，鶴舞會節。三變玄雲，九成絳闕。易遷虛語，童初浪說。如毀乾坤，自有日月。清寧二百三十一年四月十二日，建。」

於是少霞方更周視，遂為鹿幘人促之，忽遽而返⓯。醒然遂寤，急命紙筆，登即紀錄。

自是兗、豫好奇之人，多詣少霞，詢訪其事。有鄭還古者，為立傳焉。用弱亦常在其居，就求第一本視之，筆跡宛有書石之態。少霞無文，乃孝廉一叟耳。固知其不妄矣。少霞爾後修道尤劇。元和末，已云物故。

校志

一、據世界書局顧氏文房本《集異志》《太平廣記》卷五十五〈蔡少霞〉校錄，並加標點符號。

二、《廣記》銘文「童初浪說」下，少了二十六字。又「鄭還古者，為立傳焉。」下，又缺二十二字。「知其不妄矣」下，又少十五字。

註釋

❶性情恬和——性情恬淡平和。

❷明經——唐代科舉考試，類目很多。明經是僅次於進士、較為出名的一科。得第後任參軍，有如今縣政府科長。

❸秩滿漂寓——職官之任期，已滿一定的年限。漂泊流寓。丞等於副縣長。

❹買山築室，為終焉之計——買一塊山地蓋房子住，作為終老之地。

❺居處深僻四句——所居之地深邃僻靜，俯首可以看到龜山和蒙山。水秀山清，雲霞爛漫，境地氣象都特殊的好。按：龜山在今山東泗水縣東北。蒙山在龜山東面。

❻世累早祛，尤諧夙尚——既沒有身家之累，尤其是得到了一向喜歡的事。他可能父母已不在，又無兄弟妻子之累。祛，去也。諧，達到了。夙、一向。尚、愛好。

❼褐衣鹿幘人——褐衣，唐時庶民穿的便宜衣服。幘是裹頭髮的巾。意為「窮人」。

❽碧天虛曠四句——碧天空曠，瑞日光明，處處乾乾淨淨，花卉芳鮮，樹木繁茂。曈曨：日欲明也。宋寇準的詩：「曈曨初日上觚稜。」

❾遽修敬謁——趕緊上前行禮。

❿愍子虔心，今宜領事——愍惜你一片虔誠之心，現在給你作一點事。

⓫召君書此，賀遇良因——召喚你來寫這篇文章，恭喜你遇到良好的機緣。

⓬按文而錄，胡乃拒違——依照原文寫字而已。為什麼（胡）要拒絕、違反？

⓭賫——付。一人拿文書，一人拿筆硯，交給少霞。

⓮搦管——搦：持也。

⓯忩遽而返——忩、同悤。急遽。忩遽而返：急忙返回。說明：蔡少霞考上明經，先任參軍，有如今縣府科長。後任丞，有如副縣長。但他並沒有什麼學問。夢中書寫「蒼龍溪新宮銘」，當時人都認為「銘」不可能是他寫的，因為文辭太好了。所以，都認為他的夢是真實的。宋洪邁說：「玄卿之文，嚴整高妙，非神仙中人嵇叔夜、李太白之流不能作。」（《容齋隨筆》卷十三）蘇東坡也甚欣賞此銘。

五、玉女

唐開元中，華山雲臺觀。有婢玉女，年四十五，大疾。遍身潰爛臭穢。觀中人懼其污染，即共送於山澗幽僻之處。玉女痛楚呻吟。忽有道士過前，遙擲青草三四株，其草如菜。謂之曰：「勉食此，不久當愈。」玉女即茹之。自是疾漸痊，不旬日復舊。初忘飲食，惟恣游覽。但意中飄飄，不喜人間。及觀之前後左右，亦不願過此。觀中人謂其消散久矣，亦無復有訪之者。

玉女周旋山中，酌泉水，食木實而已。後於巖下忽逢前道士謂曰：「汝疾既痊❶。不用更在人間。雲臺觀西二里。有石池，汝可日至，辰時投以小石，當有水芝一本自出。汝可掇之而食。久久當自有益。」玉女即依其教。自後筋骸輕健，翱翔自若❷。雖屢為觀中人逢見，亦不知為玉女耳。如此數十年，髮長六七尺，體生綠毛而如白花。往往山中之人過之，則叩頭遙禮而已。

大曆中，有書生班行達者。性氣粗疏，誹毀釋道❸。為學於觀西序❹。而玉女日日往來石池，因以為常。行達伺候窺覘❺，又熟見投石採芝，時節有准❻。於一日稍先至池上，及其玉女投小石，水芝果出，行達乃褰取❼。玉女遠在山巖，或棲樹杪。既任採去。則呼歎而還。明日，行達復如此。積旬之外，玉女稍稍與行達爭先，步武相接。欻然遽捉其髮❽，而玉女騰去不得，因以勇力，挈其膚體❾，仍加逼迫。玉女號呼求救，誓死不從，而氣力困憊，終為行達所辱。扃之一室❿。

翌日，行達就觀，乃見皤然一嫗，尪瘵異常⓫。起止殊艱，視聽甚昧。行達驚異，遽召觀中人細話其事。即共伺問玉女。玉女備述始終。觀中人固有聞知其故者。計其年，蓋百有餘矣。眾哀之，因共放去。不經月而歿。

校志

一、本文據《太平廣記》卷六十三與商務《舊小說》第五集校錄。並予以分段，加上標點符號。

註釋

❶瘥——痊癒。
❷翱翔自若——能如意飛行。
❸性氣粗疏，誹毀釋道——粗，即麤。粗俗。說班生性情粗俗，誹毀佛教和道教。
❹西序——西面的房屋。
❺伺候窺覘——在一邊等候、偷窺。
❻時節有准——時間很準。
❼搴取——拔取。
❽步武相接。欻然遽捉其髮——行叫步。足跡叫武。步武相接，隨行到一起了。欻然：突然。
突然抓住她的頭髮。
❾挈其膚體——挈、帶領的意思。此處為：帶住她的身體。
❿扃之一室——扃、自外關開門戶的橫木。扃之一室：關在一個房間裡。
⓫皤然一媼，尫瘵異常——皤、頭髮白。媼、老婦人。尫、體型不正。瘵、癆病。頭髮班白一
老媼，體形若癆病鬼。

六、趙操

趙操者。唐相國憬之孽子❶也。性疏狂不慎❷。相國屢加教戒。終莫改悔。有過懼罪。因盜小吏之驢。攜私錢二緡。竄於旗亭下❸。不日錢盡。遂南出啓夏門。恣意縱驢。從其所往。俄屆南山。漸入深遠。猿鳥一逕。非畜乘所歷。操即繫驢山木。躋攀獨往。行可二十里。忽遇人居。因即款門❹。既入。有二白髮叟謂操曰：「汝既至。可以少留。」操顧其室內。妻妾孤幼。不異俗世。操端無所執。但恣遊山水而甚安焉❺。月餘。二叟謂操曰：「勞汝入都。為吾市山中所要。」操則應命。二叟曰：「汝所乘驢。貨之可得五千。汝用此依吾所約。買之而還。」操因曰：「操大人方為國相。今者入京。懼其收維❻。且驢非己畜。何容便貨。況縶❼之山間。今已一月。其存亡不可知也。」二叟曰：「第依吾教。勿過憂苦。」

操即出山。宛見其驢尚在。還乘之而馳。足力甚壯。貨之果得五千。因探懷中二叟所示之書。帷買水銀耳。操即為交易。薄晚而歸。終暝。遂及二叟之舍。二叟即以雜藥燒煉成而化為黃金。因以此術示之於操。自爾半年。二叟忽謂操曰：「汝可歸寧。三年之後。當與汝會於茅廬。」操願留不獲。於是辭訣。及家。相國薨再宿矣❽。操過小祥。❾則又入山。歧路木石。峰巒樹木。皆非向之所經也。操亟返。服闋❿。因告別昆弟。遊於江湖。至今無羈於世。從學道者甚衆。操終無傳焉。

校志

一、本文據《太平廣記》卷七十三與商務《舊小說》第五集校錄，予以分段，並加標點符號。

註釋

❶孽子——不是大太太所生的兒子。與妾、甚至和婢女所生的兒子，都稱為孽子。

❷性疏狂不慎——性情疏慢不謹慎。

❸竄於旗亭下——旗亭：市樓。逃竄到市樓之下安身。

❹款門——叩門。

❺恣遊山水而甚安焉——趙操看到他們有妻妾兒女，認為是平常人家，是以能放心遊山玩水。

❻懼其收維——怕被父親關起來。維、縶。

❼縶之山閒——縶：馬韁。縶之山野中。

❽再宿矣——隔兩天了。

❾小祥——父母喪祭名。「孝子除首服，服練冠。」

七、符契元

唐上都昊天觀道士符契元，閩人也。德行法術，為時所重。

長慶初❶，中夏，晨告門人曰：「吾習靜片時，愼無喧動。」乃扃戶晝寢。既而道流四人，邀延出門。心欲有詣，身即輒至❷。離鄉三十餘年，因思一到。俄造其居。室宇摧落，園圃荒蕪。舊識故人，孑遺殆盡❸。時果未熟。乃有鄰里小兒，攀緣採摘。契元護惜咄叱，曾無應者。契元愈怒。傍道流止之曰：「熟與未熟，同歸摘拾，何苦掛意也。」

又曾居條山鍊藥，乃亦思一遊。忽已至矣，恣意歷覽，遍窮巖谷。道流曰：「日已晚，可歸矣。」因同行入京。

道上忽逢鳴騶，導引甚盛❹。契元遽即避路。道流曰：「陽官不宜避陰官。但遵路而行。」

須臾，前導數輩，望契元即狼狽奔道。及官至，諦視之。乃僕射馬總。時方為刑部尚書。素善契元。馬亦無恙。與契元晤，心獨異之。日已夕矣。

遲明，即詣開化坊訪馬。而與兵部韓侍郎對奕。因流連竟日。而旁察辭氣神色，曾無少異。私怪其故。有頃，聞中疾。不旬日而歿。

校志

一、本文據《太平廣記》卷七十八校錄，並加上標點符號。

註釋

❶長慶——唐穆宗年號。共四年，約當西元八二一至八二四年。

❷心欲有詣，身即輒至——心想去何處，身即至其處。

❸舊識故人，子遺殆盡——舊時所識之人和老朋友，差不多都沒有了。

❹忽逢鳴騶，導引甚盛——路上碰到貴人駕車出行。（鳴騶），扈從甚盛。

八、茅安道

唐茅安道，廬山道士，能書符役鬼，幻化無端。從學者常數百人。曾授二弟子以隱形洞視之術❶。有頃，二子皆以歸養為請。安道遣之。仍謂曰：「吾術傳示，盡資爾學道之用。即不得道，請勿衒其術也❷。苟違吾教，吾能令爾之術，臨事不驗耳。」二子授命而去。

時韓晉公滉在潤州，深嫉此輩❸。二子逕往修謁❹。意者，脫為晉公不禮，即當遁形而去。及召入，不敬。二子因弛慢縱誕，攝衣登階❺。韓大怒，即命吏卒縛之。於是二子乃行其術。而法果無驗。皆被擒縛。將加誅戮。二子曰：「我初不敢若是，蓋師之見誤也。」韓將併絕其源。即謂曰：「爾但致爾師之姓名居處，吾或釋汝之死。」二子方欲陳述。而安道已在門矣。

卒報公，公大喜。謂得悉加戮焉。遽令召入。安道厖眉美鬚，姿狀高古❻。公望見不覺離席。延之對坐。安道曰：「聞弟子二人愚騃，干冒尊嚴。今者命之短長，懸於指顧。然我請詰而愧之，然後俟公之行刑也。公即臨以兵刃。」械繫甚堅，召至階下。二子叩頭求哀。安道語公之左右曰：「請水一器。」公恐其得水遁術，固不與之。安道欣然遽就公之硯水飲之。而噀❼二子。當時化為雙黑鼠亂走於庭前。安道奮迅，忽變為巨鳶❽，每足攫一鼠沖飛而去。晉公驚駭良久，終無奈何。

校志

一、本文據《太平廣記》卷七十八與商務《舊小說》第五集校錄，加以分段並加上標點符號。

註釋

❶隱形洞視之術——能將自己隱身，並能透視他人。

❷勿衒其術——衒、衒耀。將所學到的法術向人衒示。

❸韓晉公滉在潤州，深嫉此輩——韓滉，唐玄宗時宰相韓休之子。滉字太沖，貞元元年也任宰相，封鄭國公。二年，更封晉國公。故本文稱韓晉公。他「居重位，清潔疾惡。」

❹修謁——修禮拜謁。

❺弛慢縱誕，攝衣登階——弛慢、怠慢。縱誕：放縱荒誕。攝衣、整理衣裳。登階、不顧禮節而登階入堂。

❻厖眉美髯，恣狀高古——厖：雜色。厖眉，眉毛黑白相雜。恣狀高古：俗說「仙風道骨」的樣子。

❼噀——噴。

❽鳶——音淵，大鳥，略似鷹。俗稱鷂鷹。

九、石旻

唐石旻有奇術，在揚州，段成式數年，不隔旬必與之相見。至開成❶初，在城親故間。往往說石旻術不可測。

盛傳寶曆❷中，石隨尚書錢徽至湖州學院。子弟皆在。時暑月。獵者進一兔。錢命作湯。方共食，旻笑曰：「可留兔皮，聊記一事。」遂釘皮於地，壘墼塗之❸。上朱書一符，獨言曰：「恨校遲，恨校遲！❹」錢氏兄弟詰之。石曰：「欲請君共記卯年也。」至太和九年❺，錢可復鳳翔遇害❻。歲在乙卯也。

校志

一、本文據《太平廣記》卷七十八校錄。

二、「在揚洲」下，似有脫文。

註釋

❶開成——唐文宗年號，共五年，自西元八三五至八四〇年。
❷寶曆——敬宗年號，才二年。當西元八二五至八二六年。
❸壘墼塗之——墼：音「及」，甎也。「壘墼塗之」，意謂疊磚蓋起來以記其處。
❹恨校遲——費解。
❺太和九年——太和、文宗年號。九年，約當西曆八三九年。
❻錢可復鳳翔遇害——錢可復乃錢徽的長子。

十、李子牟

李子牟者，唐蔡王第七子也❶。風儀爽秀，才調高雅。性閑音律❷，尤善吹笛。天下莫比其能。

江陵舊俗，孟春望夕，尚列影燈❸。其時士女緣江，輧闐縱觀❹。子牟客遊荊門❺，適逢其會。因謂朋從說：「吾吹笛一曲，能令萬衆寂爾無譁。」於是同遊贊成其事。

子牟即登樓。臨軒獨奏。清聲一發，百戲皆停。行人駐足，坐者起聽。曲罷良久，衆聲復喧。而子牟恃能，意氣自若。

忽有白叟，自樓下小舟行吟而至。狀貌古峭❻，辭韻清越。子牟泊坐客，爭前致敬。叟謂子牟曰：「向者吹笛，豈非王孫乎？天格絕高，惜者樂器常常耳❼。」

子牟則曰：「僕之此笛，乃先帝所賜也。神鬼異物，則僕不知。音樂之中，此為至寶。平生視僅過萬數，方僕所有，皆莫能知作之比❽。而叟以為常常，豈有說乎？」

叟曰：「吾少而習焉，老猶未倦。如君所有，非吾敢知。王孫以為不然，當為一試。」

子牟以笛授之。而叟引氣發聲，聲成而笛裂。四座駭愕，莫測其人。子牟因叩顙求哀，希逢珍異。叟對曰：「吾之所貯，君莫能吹。」即令小僮，自舟齎至❾，子牟就視，乃白玉耳。叟付子牟，令其發調。氣力殆盡，纖響無聞❿，子牟彌不自寧。虔恭備極。叟乃授之澂弄⓫，座客心骨冷然。

叟曰：「吾愍子志向，試為一奏。」清音激越，遐韻泛溢⓬。五音六律，所不能諧⓭，曲未終，風濤噴騰，雲雨昏晦⓮。少頃開霽，則不知叟之所在矣。

校志

一、本文據談愷本《太平廣記》與明鈔本《太平廣記》校錄，予以分段，並加注標點符號。

二、「行人駐足」，談本作「行人駐愁」。

三、「臨軒獨奏」，談本作「臨軒回迴奏」。

四、「皆莫能知作之比」，談本作「皆莫能知。」

五、商務《舊小說》與世界《集異記》中無本文。

註釋

❶唐蔡王第七子——經查閱「新舊唐書」，均未發現「蔡王」為何人。

❷性閑音律——閑、習。精、精曉音律。

❸江陵舊俗，孟春望夕，尚列影燈——月之十五日為望。孟春望夕，即元月十五，俗稱元宵。尚列影燈：以陳列花燈為尚。江陵，即今湖北省之江陵縣。

❹士女緣江，軿闐縱觀——士女們沿著江邊，群集觀賞（花燈）。軿：車馬聲。闐、擁擠。指人多、車馬噪雜。

❺荊門——地在湖北。

❻狀貌古峭——高古。有點仙風道骨的樣子。

❼天格絕高，惜者樂器常常——天分絕高，只可惜樂器（指笛）太過平常！

❽方僕所有，皆莫能知作之比——和我的相比（方），沒有能比得上的！

❾齎至——從舟上拿來。

❿氣力殆盡，纖響無聞——用盡力氣，最細小的聲音都發不出。

⓫叟乃授之微弄——老人家教他小試一下。

⓬清音激越，遐韻泛溢——激越，謂聲音震動發揚。韻及遠方。

⓭五音六律，所不能諧——五音：宮、商、角、徵、羽。六律、謂十二律中陽聲之律：黃鍾、大蔟、姑洗、蕤賓、夷則、無射。意謂老人所奏之曲，超乎五音六律的範疇。

⓮風濤噴騰，雲雨昏晦——風起波騰，雲雨皆暗。

十一、奚樂山

上都通化門長店，多是車工之所居也。廣備其財，募人集車，輪轅輻轂❶，皆有定價。每治片輞❷，通鑿三竅。懸錢百文。雖敏手健力，器用利銳者，日止一二而已。有奚樂山者。攜持斧鑿。詣門自售❸。視操度繩墨頗精❹。徐謂主人：「幸分別輞材❺，某當併力。」主人訝其貪功，笑指一室曰：「此有六百斤。可任意施為。」樂山曰：「或欲通宵，請具燈燭。」主人謂其連夜。當倍常功。固不能多辦矣。所請皆依。

樂山乃閉戶屏人，丁丁不輟❻。及曉，啟主人曰：「並已畢矣，願受六十緡❼而去也。」主人洎鄰里大奇之❽。則視所為精妙，錙銖無失。衆共驚駭，即付其錢。樂山謝辭而去。主人密候所之。其時嚴雪累日，都下薪米翔貴❾。樂山遂以所得，遍散與寒乞貧窶⓫，不能自振之徒。俄頃而盡。遂南出都城，不復得而見矣。

校志

一、本文據《太平廣記》卷八十四與商務《舊小說》第五集校錄，並分段，加上標點符號。

二、第二段：「此有六百斤，甘任意施為。」《廣記》本改「甘」為「可」。「可任意施為。」《廣記》較通順。

註釋

❶輪轅輻轂，皆有定價——上都通化門長店一帶，大都住著造車的工匠。作車輪、駕車的橫木（轅）、車輪中的直木（輻）和車輪中的中樞（轂），每一件都有定價。

❷輞——車輪的外圈。通常用木彎成圓周形，好幾根輞以榫頭結合起來，組成一個車輪的外圈。要製成一片輞，工錢一百文。最佳的車工配合最好的工具，一天也只能作個兩三片。

❸詣門自售——上門求為車工。

❹操度繩墨頗精——使用起木工的繩墨工具，頗為精到。

❺分別輞材——分別出造輞的木材。

❻丁丁不輟——丁丁乃伐木之聲。即刀斧治輞之聲不斷（輟）。

❼緡——通鍲、鍲錢，以絲為貫，一貫千錢。

❽主人洎鄰里大奇之——洎、音暨。及也。店主人及鄰里都大為驚奇。

❾翔貴——騰貴。

❿貧瘻——瘻，本是「頸子腫」。貧瘻，窮得彎腰駝背者。奚樂山把錢分送給貧寒的乞丐、凍得直不起腰等不能自給的人。

十二、阿走師

阿走師者，莫知其所來。形質癡濁，神情不慧❶。時有所言，靡不先覺❷。居雖無定，多寓閿鄉。憧憧往來❸，爭路禮謁山嶽，檀施曾不顧瞻。人或憂或疾，獲其指南者，其驗神速❹。

時陝州有富室張臻者，財積鉅萬。止有一男，年可十七。生而愚騃，既攣手足，復懵語言。惟嗜飲食，口如溪壑❺。父母鍾愛，盡力事之。迎醫求藥，不遠千里。十數年後，家業殆盡。或有謂曰：「阿走賢聖，見世諸佛。何不投告，希其痊除。❻」臻與其妻，來抵閿鄉。叩頭抆淚❼。求其拯濟。

阿走久之，謂臻曰：「汝冤未散，尚須十年。愍汝勤虔❽，為汝除去。」即令選日，於河上致齋。廣召衆多，同觀度脫。仍令齎致其男❾，亦赴道場。時衆謂神通，而觀者如堵。跂竦之際❿，阿走則指壯力者三四人，扶拽其人，投之河流。臻洎舉會之人，莫測其為。阿走顧謂臻曰：「為汝除災矣。」

久之，其子忽於下流十數步外，立於水面。戟手⓫於其父母曰：「與汝冤仇，宿世緣業。賴逢聖者，遽此解揮。儻或不然，未有畢日。」挺身高呼，都不愚癡。須臾沉水，不知所適。

校志

一、本文據《太平廣記》卷九十七與商務《舊小說》第五集校錄。經予分段，並加上標點符號。
二、《太平廣記》題名〈阿足師〉。

註釋

❶形質癡濁，神情不慧——外型內質都呆呆的，神情很不聰明。
❷時有所言，靡不先覺——偶而說些話，莫不是是先知先覺的話。
❸憧憧往來——往來不斷。
❹獲其指南者——得到他指示的人。人有憂有病，一得到他的指點，都能解決。

❺生而愚騃，既攣手足，復懵語言。惟嗜飲食，口如谿壑——生來愚惷，手足都不能伸叫「攣」。又不曉言語，只好吃喝。口像溪壑，永遠填不滿！

❻何不投告，希其痊除——何不向他投訴，求他予以治療？

❼拉——擦拭。拉淚、擦眼淚。

❽愍汝勤虔——憐愍你殷勤虔誠。

❾齎致其男——齎、音擠。猶付託。

❿跂竦之際——跂、音祇，行走貌。竦、企立。謂行走之際。

⓫戟手——舉手如戟狀。

十三、邢曹進

唐故贈工部尚書邢曹進，至德以來，河朔之健將也❶。守職魏郡，因為田承嗣所縻❷。曾因討叛，飛矢中肩。左右與之拔箭，而鏃留於骨❸。微露其末焉。即以鐵鉗，遣有力者拔，其鏃堅然不可動。曹進痛楚，計無所施、妻孥輩，但為廣修佛事、用希慈蔭❹。不數日，則以索縛身於床，復命出之。而特牢如故。曹進呻吟忍耐，俟死而已。

忽因晝寢，夢一胡僧立於庭中。曹進則以所苦訴之。胡僧久而謂曰：「能以米汁注於其中，當自愈矣。」

及寤，言於醫工。醫工曰：「米汁即泔❺，豈宜漬瘡哉？」遂令廣詢於人，莫有諭者❻。

明日，忽有胡僧上門乞食，因遽召入。而曹進中堂遙見，乃昨之所夢者也。即延之附近，告以危苦。

胡僧曰：「何不灌以寒食餳❼，當知其神驗也。」

曹進遂悟：餳為米汁。況所見復肖夢中。則取之，如法以點。應手清涼，頓減痛苦。其夜，其瘡稍癢，即令如前鑷❽之。鉗才及瞼❾，鏃已突然而出。後傳藥，不旬日而瘥矣。

吁，西方聖人，恩祐顯灼❿。乃若此之明徵乎！

校志

一、本文跟據《太平廣記》卷一〇一校錄，予以分段，並加注標點符號。

註釋

❶至德以來，河朔之健將也。——至德為唐肅宗年號。共二年。當西元七五六至七五七年。河朔、謂黃河之北。

❷守職魏郡，因為田承嗣所縻——曹進任職魏州，為魏博節度使田承嗣所羈縻。

❸鏃留於骨——箭鏃留在骨裏。

❹廣修佛事、用希慈蔭——如佈施、禮佛等事，以圖獲得菩薩的恩惠。
❺泔——洗米水。
❻莫有諭者——沒有知道的人。
❼寒食餳——寒時吃的一種點心。餳：音糖。或稱飴。
❽鑷——夾取之物。用作動詞：用夾取之物夾出。
❾鉗才及瞼——此處有誤。
❿恩祐顯灼——謂佛祖降恩保佑，十分明顯。灼：明顯。

十四、殭僧

唐元和十三年，鄭滑節度使司空薛公平❶。陳許節度使李公光顏❷並准詔各就統所部兵自衛入討東平。抵濮陽❸南七里，駐軍焉。居人盡散。而村內有窣堵波者❹，中有殭僧。瞪目而坐，佛衣在身。以物觸之，登時塵散。眾爭集視，填咽累月❺。

有許卒郝義曰：「焉有此事？」因以刀刺其心。如棖土壤❻。義下塔不三四步，捧心大叫一聲而絕。李公遂令摽瘞其事，瘞於塔下❼。

明日，陳卒毛清曰：「豈有此乎？昨者，郝義因偶會耳！」即以刀環築去二齒❽。清下塔不三四步，捧頭大叫一聲而絕。李公又令摽瘞其事。瘞於其下。自是無敢犯者。而軍人祈福乞靈，香火大集。往環三四里，人稠不得入焉。軍人以錢帛衣裝檀施，環一二里而滿焉。司空薛公因令軍卒之戰傷瘡重者，許其落籍居。不旬日，則又從軍東入，而所聚之財，為盜賊掣去。則無怪矣。至今刀瘡齒缺，分明猶在。

校志

一、本文據《太平廣記》卷一〇一校錄。予以分段，並加注標點符號。

註釋

❶鄭滑節度使司空薛平——高宗朝名將薛仁貴之曾孫，相州刺史薛嵩之子。元和七年任鄭滑節度史。

❷陳許節度使李公光顏——光顏字光遠，其先河曲諸部，姓阿跌氏。元和九年任節度使。性忠義，，善撫士。卒年六十六歲，贈太尉，謚曰「忠」。

❸濮陽——今河南省滑縣。

❹窣堵波——梵語，亦作率都婆。浮屠。俗云「寶塔」。

❺填咽累月——填咽——狀人物之擁擠。

❻如棖上壤——棖：以物觸物曰棖。壤：土壤。

❼令摽蕝其事，瘞於其下——蕝：束茅表位曰蕝。標明其地，將屍體葬在塔下。

❽以刀環築去二齒——築：擣也。用刀環敲下兩個牙齒。

十五、僧澄空

隋開皇❶中，僧澄空，年甫二十，誓願於晉陽汾西鑄鐵像。高七十尺焉。鳩集金炭❷，經求用度，周二十年，物力乃辦。於是造報遐邇，大集賢愚❸。然而選日而寫像焉。及煙焰滅息，啓鑪之後，其像無成。

澄空即深自咎責，稽首懺悔。復堅前約，再謀鑄造。精勤艱苦，又三十年。事費復備，則又復寫像焉。及啓鑄，其像又復無成。澄空於是呼天求哀，叩頭請罪。大加貶挫，深自勤勵。

又二十年，功力復集。然後選日，復寫像焉。

及期，澄空乃身登鑪巔，百尺懸絕。揚聲謂觀者曰：「吾少發誓願，鑄寫大佛。今虛費積年。如或踵前，吾亦無面目見大衆也。吾今俟其啓鑪，欲於金液而捨命焉。一以謝愆於諸佛❹，一以表誠於衆善。儻大像圓滿，後五十年，吾當為建重閣耳。」

時觀者萬衆，號泣諫止。而澄空殊不聽覽。俄而金液注射，赫耀踴躍。澄空於是揮手辭謝，投身如飛鳥而入焉。及開鑪，鐵像莊嚴端妙，毫髮皆被。自是并州之人，因起閣以覆之。而佛身洪大，功用極廣，自非殊力，無由而致。

唐開元初❺。李暠❻為太原軍節度使。出游。因仰像歎曰：「如此好相，而為風日所侵，痛哉！」即施錢百萬緡，周歲之內，而重閣成就。至今北都謂之平等閣者是也。計僧死像成日至暠。正五十年矣。以佛法推之。則暠也得非澄空之後身歟！

校　志

一、本文根據《太平廣記》卷一一四校錄，予以分段，並加注標點符號。

二、世界本《集異記》題名為〈平等閣〉。

註　釋

❶開皇——隋文帝年號，共二十年。自西元五八一至六〇〇年。

❷鳩集金炭——鳩集：聚集。

❸造報遐邇，大集賢愚——告知遠近，召集平民（賢愚指一般百姓，非賢人與笨人。）

❹謝㑳於諸佛——向諸佛謝罪。㑳字未見於字典中。

❺開元——唐玄宗年號。計二十九年，自西元七一三至七四一年。

❻李暠——為太原軍節度使——李暠於開元初任太原節度使，其時，澄空鐵像完成——從開皇中算起，即西元五九〇起，歷經七十年像成，即西元六六〇年完成。再經五十年，即西元七一〇年左右——恰好五十年上下。

十六、蘇頲❶

唐尚書蘇頲，少時有人相之云：「當至尚書，位終二品。」後至尚書三品，病亟，呼巫覡視之。巫云：「公命盡，不可復起。」頲因復論相者之言。巫云：「公初實然。由作桂府時殺二人，今此二人地下訴公，所司減二年壽。以此不至二品。」頲為令殺吏，乃嗟歎久之而死。

校志

一、本文依《太平廣記》卷一二一校錄，並加注標點符號。

註釋

❶蘇頲——開元四年即任平章事（相職），八年除禮部尚書罷政事。俱為正三品官。十五年卒，才五十八歲。（見《舊唐書》卷八十八本傳）

十七、王安國

涇之北鄙❶農人有王安國者，力穡，衣食自給。唐寶曆三年冬。夜有二盜，踰牆而入。皆執利刃。安國不敢支梧❷，而室內衣裝，挈之無孑遺❸。

安國一子，名何七，年甫六七歲，方眠驚起。因叫：「有賊！」登時為賊射，應弦而斃。安國閭外有二驢紫色者，亦為攘去。

遲明❹，村人集聚，共商量捕逐之路。俄而何七之魂登房門而號：「我死自是命，那復多痛？所痛者，永訣父孃耳。」遂冤泣久之。鄰人會者五六十人，皆為雪涕❺。

因曰：「勿謀追逐。明年五月，當自送死。」乃召安國，附耳告之名氏，仍期勿泄。

洎麥秋，安國有麥半頃，方收拾，晨有二牛來，蹊踐狼籍❻，安國牽歸。遍謂里中曰：「誰牛傷暴我苗？我已繫之。牛主當齎價以購❼。不爾，吾將詣官焉。」

里中共往，皆曰：「此非左側人之素畜者。」聚視久之。

忽有二客至曰：「我牛也。昨暮驚逃，不虞至此。所損之田，請酬倍資而歸我畜焉[8]。」

共里人詰所從，因驗契書，其一乃以紫驢交致也。安國即醒何七所謂。及詢名姓皆同。遂縛之。曰：「爾即去冬殺我子、盡我財者。」

二盜相顧，不復隱。曰：「天也。命也。死不可逭也！」即述其故。曰：「我既行劫殺，遂北竄寧靜之郊。謂事已積久，因買牛將歸岐上[9]。昨牛抵村北二十里，非洄不進。俟夜黑，方將過此。既寐，夢一小兒五歲許，裸形亂舞，紛紜相迷，經宿方寤。及覺，二牛之縻引不斷，如被解脫，則已竄矣[10]。因蹤跡之，由涇來至此。去冬之寇，詎敢逃焉？[11]」

里人送邑，皆准於法。

校志

一、本文據《太平廣記》卷一二八校錄，予以分段，並加注標點符號。

註釋

❶涇之北鄙——涇川縣，在今之甘肅省。涇河也在甘肅省境。鄙，邊邑，郊。
❷不敢支梧——支吾、枝梧，抵拒。不敢支梧，即不敢抵拒。
❸挈之無孑遺——孑遺、獨存。無孑遺，被拿走得一物不剩了。
❹遲明——遲旦。黎明。
❺雪涕——拭眼淚。
❻蹊踐狼籍——蹊：行走。踐：踐踏。
❼齎價以購——拿錢來買。來贖。
❽請酬倍資而歸我畜焉——願意陪麥田損失的一倍價錢，來贖回兩頭牛。
❾將歸岐上——陝西省岐山縣北，有岐山。
❿二牛之縻引不斷，如被解脫，則已竄矣——兩頭牛的繩索未斷，好似被人解開了，兩牛也逃走了。
⓫詎敢逃焉？——詎：豈。豈敢逃走？

十八、汪鳳

唐蘇州吳縣甿❶汪鳳，宅在通津❷，往往怪異起焉。不十數年，鳳之妻子，洎僕使輩❸，死喪略盡。鳳居不安，因貨之同邑盛忠。忠居未五六歲，其親戚凋隕，又復無幾。忠大憂懼，則損其價而標貨焉❹。吳人皆知其故，久不能售。

邑胥張勵者❺，家富於財，群從彊大，為邑中之蠹橫❻，居與忠同里，每旦詣曹，路經其門❼，則遙見二青氣。粗如箭簳，而緊銳徹天焉❽。勵謂寶玉之藏在下，而精氣上騰也。不以告人。日日視之。因詣忠，請以百緡而交關焉❾。尋徙入。復晨望其氣不衰。於是大具畚鍤，發其氣之所萌也❿。掘地不六七尺，遇盤石焉。去其石。則有石櫃，雕鐫製造，工巧極精。仍以鐵索周匝束縛，皆用鐵汁固縫。重以石灰密封之。每面各有朱記七窠⓫。文若謬篆。而又屈曲勾連，不可知識⓬，勵即加鉗鎚，極力開折。石櫃既啓，有銅釜，可容一斛，釜口銅盤覆焉。用鉛錫錮護，仍以紫印九窠迴旋印之，而印文不類前體。而全如古篆，人無解者。勵折去銅盤，而釜口以緋繒三重羃之⓭。勵纔揭起，忽有大猴跳而出。衆各驚駭，無敢近者。久之，超踰而莫知所詣⓮。勵因視釜中，乃有石銘云：「禎明元年⓯，七月十五日茅山道士鮑知遠，因猴神於此。其有發者，發後十二年，胡兵大擾，六合煙塵。而發者俄亦族滅。」禎明即陳後主叔寶年號也。

勵以天寶二年⓰十月發，至十四年冬，祿山起戎，自是周年，勵家滅矣。

校志

一、本文據《太平廣記》卷一四〇與商務《舊小說》第五集校錄，予以分段，並加注標點符號。

註釋

❶甿——田民。力田之人。

❷津——渡口。

❸洎僕使輩——及僕人使女等。洎、及。同。

❹損其價而標貨焉——減價標賣。貨、賣。動詞。

❺邑胥張勵者——庶人在官者曰胥。邑、縣。

❻群從彊大，為邑中之蠹橫——隨從很多，在邑中稱蠻橫。蠹、飳木之蟲。有蠻橫、害蟲之意。

❼每旦詣曹，路經其門——每天去辦公室，路過盛忠家的門。

❽粗如箭簳，而緊銳徹天焉——粗細如箭竹。簳、小竹。緊銳徹天：雖不甚粗，但很緊密尖銳，直通到天空。

❾請以百緡而交關焉——請拿一百緡錢議價。交關、交通、關說。

❿大具畚鍤，發其氣之所萌——預備許多開掘土地的工具，從青氣發出的地方開始挖。

⓫每面各有朱記七窠——石櫃的每一面，都有七顆朱砂記號。想必是符咒之類。

⓬文若謬篆。而又屈曲勾連，不可知識——文字有點像繆篆。繆篆、王莽六體書之一。取其屈曲纏繞，以檢奸偽而輔信用。

⓭釜口以緋繒三重羃之——銅釜口用三層絳色彩繡予以蓋住。

⓮超踰而莫知所詣——跳得高高的，不知去了哪裡。

⓯禎明元年——禎明、南朝陳後主叔寶的紀年，共三年。元年，約當西元五八七年。

⓰天寶二年——天寶，唐玄宗年號，共十五年。二年，約當西元七四三年。

十九、王維

王維右丞，年未弱冠，文章得名❶。性嫻音律，妙能琵琶，遊歷諸貴之間，尤為岐王之所眷重❷。

時進士張九皋，聲稱籍甚❸。客有出入于公主之門者，為其致公主邑司牒京兆試官，令以九皋為解頭❹。維方將應舉，具其事言於岐王，仍求庇借❺。岐王曰：「貴主之強，不可力爭。吾為子畫焉。子之舊詩清越者，可錄十篇，琵琶之新聲怨切者，可度一曲。後五日當詣此。」維即依命，如期而至。岐王謂曰：「子以文士，請謁貴主，何門可見哉？子能如吾之教乎？」維曰：「謹奉命。」岐王則出錦繡衣服，鮮華奇異，遣維衣之；仍令賫琵琶，同至公主之第。

岐王入曰：「承貴主出內，故攜酒樂奉讌。」即令張筵。諸伶旅進。維妙年潔白，風姿都美❻，立於前行。公主顧之，謂岐王曰：「斯何人哉？」答曰：「知音者也。」即令獨奏新曲，聲調哀切，滿座動容。公主自詢曰：「此曲何名？」維起曰：「號鬱輪袍。」公主大奇之。岐王曰：「此生非止音律，至於詞學，無出其右。」公主尤異之，則曰：「子有所為文乎？」維即出獻懷中詩卷。公主覽讀，驚駭曰：「皆我素所誦習者。常謂古人佳作，乃子之為乎？」因令更衣，昇之客右❼。

維風流蘊藉，語言諧戲，大為諸貴之欽矚❽。岐王因曰：「若使京兆今年得此生為解頭，誠為國華矣。」公主乃曰：「何不遣其應舉？」岐王曰：「此生不得首薦，義不就試，然已承貴主論託張九皋矣。」公主曰：「何預兒事❾，本為他人所託。」顧謂維曰：「子誠取解，當為子力。」維起謙謝。公主則召試官至第，遣宮婢傳教。維遂作解頭而一舉登第矣。

及為太樂丞，為伶人舞黃師子，坐出官。黃師子者，非一人不舞也❿。

天寶末，祿山初陷西京。維及鄭虔張通等皆處賊庭。洎剋復，俱囚於宣陽里楊國忠舊宅。崔圓因召於私第，令畫數壁。當時皆以圓勳貴無二，望其救解。故運思精巧，頗絕其藝。後由此事，皆從寬典；至於貶黜，亦獲善地。今崇義里竇丞相易直私第，即圓舊宅也。畫尚在焉。維累為給事中。祿山授以偽官。及賊平，兄縉為北都副留守，請以己官爵贖之，由是免死。累為尚書右丞。於藍田置別業，留心釋典焉。

校志

一、世界《集異記》，只到「一舉登第。」為止。其後「及為大樂丞……（至）留心釋典焉。」則是從《太平廣記》卷一七九補錄。

二、商務《舊小說》所刊〈王維〉，也只到一舉登第。「矣」字都是後來添上的。

三、這一個故事古時很流行。一方面許多人說是「假的」。王維不至如此。一方面有人把它衍為戲曲，叫「鬱輪袍。」

註釋

❶王維右丞，年未弱冠，文章得名——王維，字摩詰，唐名詩人。官至右丞。略似今日行政院副秘書長。弱冠，古來二十曰「弱冠」。未弱冠，大約年十八九歲。

❷性嫻音律，妙能琵琶，遊歷諸貴之間，尤為岐王之所眷重——嫻、熟習。妙能琵琶：能彈得一手好琵琶。諸貴：指親王、公主和高官們。岐王，睿宗第四子，崔孺人生。原立為惠文太

子。玄宗（昭成皇后生）立，岐王原名隆範，避玄宗皇帝諱「政」名範。開元十四年病故。公主，可能是太平公主。

❸聲稱籍甚——聲名得所籍而益盛。

❹解頭——進士由鄉而貢，曰解。鄉試又叫解試。鄉試第一人便是解元。也叫解頭，唐代公主有辦公室。也可出公文。公主邑司牒京兆試官，也就是公主辦公室致文令京兆試官辦理所交待之事。

❺仍求庇借——仍懇求岐王予以庇護。借助。

❻風姿都美——都：雅。美。《詩》「有美同車，洵美且都。」都，又作「閑雅」的意思。

❼因令更衣，昇之客右——因此要王維換衣服。本是「立於前行」的，現在要他坐下為客。

❽維風流蘊藉，語言諧戲，大為諸貴之欽矚——王維年輕瀟洒，言談風趣，大為各位貴賓所欽佩、矚目。

❾何預兒事——關我什麼事？古來女子，多自稱「兒」。即「我」。

❿太樂丞五句——太樂丞是掌管音樂的官。黃獅子，非一人不舞。即係不是皇帝在，便不可舞。一人指皇帝。維由是免官。據《舊唐書》卷一百九十下：王維，字摩詰，太原祁人。開元九年進士擢第。歷右拾遺、監察御史、左補闕、庫部郎中。居母喪，服闋，拜吏部郎中。天寶末，為給事中。祿山陷兩京，維不及脫走，為賊所得，拘於洛陽普施寺。賊平，以陷城

官三等定罪。弟王縉時任刑部侍郎，請削己職以贖兄罪。特赦之，責授太子中允。乾元中，遷太子中庶子，中書舍人。復拜給事中，轉尚書右丞。乾元二年七月卒。

二十、賈人妻

唐餘干縣尉王立調選❶。傭居❷大寧里。文書有誤，為主司駁放❸。資財蕩盡，僕馬喪失，窮悴❹頗甚，每丐食於佛祠。徒行晚歸。偶與美婦人同路，或前或後依隨。因誠意與言，氣甚相得。立因邀至其居，情款甚洽。

翌日謂立曰：「公之生涯，何其困哉！妾居崇仁里，資用稍備，儻能從居乎？」

立既悅其人，又幸其給❺，即曰：「僕之厄塞，阽於溝瀆❻，如此勤勤，所不敢望焉。子又何以營生？」

對曰：「妾素賈人之妻也。夫亡十年。旗亭之內，尚有舊業❼。朝肆暮家，日贏錢三百，則可支矣。公授官之期尚未，出遊之資且無，脫不見鄙❽，但同處以須冬集❾可矣。」立遂就焉。閱其家豐儉得所。至於扃鐍之具❿。悉以付立。每出，則必先營辦立之一日饌焉。及歸，則又攜米肉錢帛以付立，日未嘗闕。立憫其勤勞，因令傭買僕隸，婦託以他事拒之。立不之彊也⓫。

周歲產一子。唯日中再歸為乳耳。凡與立居二載。忽一日夜歸，意態遑遑⑫。謂立曰：「妾有冤仇，痛纏肌骨，為日深矣。伺便復仇。今乃得志，便須離京。公其努力。此居處五百緡自置，契書在屏風中。室內資儲，一以相奉。嬰兒不能將去，亦公之子也。公其念之。」言訖，收淚而別。

立不可留止，則視其所攜皮囊，乃人首耳。立甚驚愕。

其人笑曰：「無多疑慮，事不相縈⑬。遂挈囊踰垣而去。身如飛鳥。立開門出送，則已不及矣。方徘徊於庭，遽聞卻至。立迎門接俟。則曰：「更乳嬰兒，以豁離恨。⑭」就撫子，俄而復去。揮手而已。立迴燈褰帳⑮。小兒身首已離矣。

立惶駭達旦不寐。則以財帛買僕乘游抵近邑。以伺其事。久之，竟無所聞。其年立得官，即貨鬻所居歸任。爾後終莫知其音問也。

校志

一、本文據《太平廣記》卷一九六與商務《舊小說》第五集校錄。予以分段，並加上標點符號。

二、唐李肇所著《國史補》中載有相類的故事。其他唐人筆記中也有述及。可見其故事並非虛構。

註釋

❶唐餘干縣尉王立調選——餘干，江西的一縣。調選，唐時，一任官做滿了，要調差，由吏部選派。

❷傭居——租屋住。

❸文書有誤，為主司駁放——因為文書的錯誤，主管官司予以批駁。放，有不准、放逐之意。即不接受。

❹窮悴——因為窮，因而顯得憔悴。

❺既悅其人，又幸其給——既愛她的人，又愛她的供給。

❻僕之厄塞，阽於溝瀆——我的困難閉塞，到了要死在溝洫中的地步。阽：臨。近。

❼旗亭之內，尚有舊業——旗亭，有如今日所說的市場。市樓。

❽脫不見鄙——倘若不認為我鄙微。脫：倘。

❾以須冬集——以待冬日的調選。
❿扃鐍之具——鎖門的器具。如鎖。
⓫立不之彊也——王立也不強迫她。
⓬意態惶惶——惶惶：匆遽貌。
⓭事不相縈——事情不會牽連到你。
⓮以豁離恨——以免除離別的愁恨。
⓯迴燈褰帳——把燈回照，收取蚊帳看視。

二十一、魏淑

大曆中❶。元察為卬州刺史❷。州城將有魏淑者，膚體洪壯，年方四十。親老妻少，而忽中異疾。無所酸苦，但飲食日減。身體日銷耳。醫生術士，拱手無措。寒暑未週，即如嬰孩焉。不復能行坐語言。其母與妻，更相提抱。

遇淑之生日，家人召僧致齋。其妻乃以釵股挾之以哺。須臾，能盡一小甌。自是日加所食，身亦漸長。不半歲，乃復其初。察則授以故職。趨驅氣力，且無少異。後十餘年，捍蠻，戰死於陳❸。

校志

一、本文據《太平廣記》卷二二〇校錄，並加注標點符號。

註釋

❶大曆中——代宗皇帝年號，共十四年。由西元七六六至七七九年。

❷元察為卭州刺史——卭州：今四川卭崍縣。

❸戰死於陳——陳：在今河南省。陳州，原轄七個縣。

二十二、李欽瑤

天寶末❶，有騎將李欽瑤者，弓矢絕倫。以勞累官至郡守，兼御史大夫。至德中❷，隸臨淮。與史思明相持於陝西。

晨戰合戰，臨淮布陣涂進。去敵尚十許里，忽有一狐起於軍前，踉蹌而趨❸，若導引者。

臨淮不懌❹曰：「越王軾怒蛙❺。蓋激勵官軍士耳。狐乃持疑妖邪之物，豈有前陣哉❻？」即付欽瑤以三矢，令取狐焉。欽瑤受命而馳。適有淺蕪三二十畝。狐奔入其中，欽瑤逐之。欻有野雞驚起馬足，逕入雲霄。欽瑤翻身仰射，一發而墜。然後鳴鞭逐狐。十步之內，拾矢又中。於是攜二物以復命焉。舉軍懽呼，聲振山谷。

時回鶻❼列騎置陣於北原，其首領僅一二百輩。棄軍飛馬而來。爭捧欽瑤，似為神異。仍謂曰：「爾非回鶻之甥，不然，何能弧矢之妙乃能如此哉？」

校志

一、本文據《太平廣記》卷二二七校錄，予以分段，並加注標點符號。

註釋

❶天寶末——天寶是唐宣宗年號，共十五年。自西元七四二至七五六年。

❷至德中，隸臨淮——唐肅宗年號。共二年。自西元七五七至七五八年。臨淮、約當今安徽省之鳳陽縣。

❸踉蹌而趨——踉蹌：因急劇行走而步法散亂不穩的樣子。以這種步法奔跑。

❹臨淮不懌——臨淮應是臨淮軍的首領。不懌：不愉快。

❺越王軾怒蛙——坐在車上的人，站起來，倚靠車前的橫木——軾，是表示尊敬、禮敬之意。

❻豈有前陣哉？——前：導於前。領導之意。認為妖邪的狐狸在陣前踉蹌奔跑，絕無導軍前進的意義。

❼回鶻——即回紇、匈奴的苗裔。

二十三、王積薪

玄宗南狩，百司奔赴行在❶。翰林善碁者王積薪從焉。蜀道隘狹，每行旅止息，道中之郵亭人舍，多為尊官有力之所先。積薪棲無所入。因沿溪深遠，寓宿於山中孤姥❷之家。但有婦姑，皆闔戶。止給水火。纔暝，婦姑皆闔戶而休。

積薪棲於簷下，夜闌不寐。忽聞堂內姑謂婦曰：「良宵無以適興，與子圍碁一賭可乎？」婦曰：「諾。」積薪私心奇之。堂內素無燈燭，又婦姑各在東西室。積薪乃附耳門扉。俄聞婦曰：「起東五南九置子矣。」姑應曰：「東五南十二置子矣。」婦又曰：「起西八南十置子矣。」姑又應曰：「西九南十置子矣。」每置一子，皆良久思唯。夜將盡四更，積薪一一密記。其下止三十六。忽聞姑曰：「子已敗矣，吾止勝九枰耳。」婦亦甘焉。

積薪遲明❸，具衣冠請問。孤姥曰：「爾可率己之意而按局置子焉。」積薪即出囊中局，盡平生之祕妙，而布子未及十數，孤姥顧謂婦曰：「是子可教以常勢耳。」婦乃指示攻守殺奪救應防拒之法❹。其意甚略。積薪即更求其說。孤姥笑曰：「止此，亦無敵於人間矣！」積薪虔謝❺而別。行十數步，再詣，則失向來之室閭矣。自是積薪之藝，絕無其倫。即布所記婦姑對敵之勢，罄竭心力，較其九枰❻之勝，終不得也。因名鄧艾開蜀勢。至今碁圖有焉。而世人終莫得而解矣。

校志

一、本文據《太平廣記》卷二二八與商務《舊小說》第五集校錄，加以分段，並添上標點符號。

註釋

❶玄宗南狩，百司奔赴行在——玄宗避安祿山之亂而南下巡狩。百官都隨往玄宗皇帝的行宮所在地。

❷孤姥——姥、老女人。孤姥，沒有丈夫的老女人。

❸遲明——等到天亮了。

❹攻守殺奪救應防拒之法——下圍棋，有攻，有守，有殺、有奪，有救應，有防拒。各種步法。

❺虔謝——很誠懇的致謝。

❻九枰——今日圍棋勝負，以「目」或「子」計。如「勝三子」。「勝半目」。九枰，當是九目。

二十四、孫氏

有孫氏求官，夢雙鳳棲其兩拳。以問占者❶宋董。曰：「鳳凰非梧桐不棲，非竹實不食。卿當大凶。非苴杖❷即削杖❸。」後孫氏果遭母喪。

校志

一、本文據《太平廣記》卷二七六校錄，並加上標點符號。

註釋

❶占者——占卜解夢的人。
❷苴杖——喪服所用之竹杖。
❸削杖——母喪所用桐杖。

二十五、張鎰

張相公鎰，大曆中守工部尚書，判度支❶。因奏事稱旨，代宗面許宰相。恩澤獨厚。張公日日以冀。而累旬無耗❷。忽夜夢有人自門遽入，抗聲曰：「任調拜相。」張公驚寤。因思中外初無其人，尋繹不解❸。

有外甥李通禮者，博學善智。張公因召而示之。令研其理。李生沈思良久。因賀曰：「舅作相矣。」張公即詰之。通禮答曰：「任調反語❹是饒甜，饒甜無逾甘草，獨為珍藥。珍藥反語，即舅名氏也。」公甚悅。俄有走馬吏報曰：「白麻適下，公拜中書侍郎平章❺。」

校志

一、本文據《太平廣記》卷二七八商務《舊小說》第五集與世界《集異記》校錄，予以分段，並加上標點符號。

二、唐代宰相係三品官。通常以原官銜，加「同中書門下三品」，或「平章政事」，即係宰相。

註釋

❶大曆中，守工部尚書，判度支——大曆為代宗年號，共十四年，自西元七六六至七七九年。「守」工部尚書，即佔有公部尚書缺，卻未真除。判度支，有如掌財政。

❷張公日日以冀。而累旬無耗——張鎰天天盼望，卻經十數天，無有消息。

❸任調拜相……中外無其人，尋繹不解——中外都無叫「任調」的人，尋思解釋，卻解釋不出來。

❹反語——今日我們用注音符號。古時卻用反切的辦法，找出一個字的發音。如「戾」、「里詣切」。「惡」、「阿各切」。

❺白麻適下，公拜中書侍郎平章——唐時委派宰相詔書用白麻紙。

據《新唐書》〈張鎰傳〉，鎰大曆初為濠州刺史，歷江西、河中觀察使，不閱旬，改汴滑節度使，以病固辭。詔留私第。建中二年（德宗年號，約當七八一年）拜中書侍郎同中書門下平章事。即宰相。

二十六、高元裕

襄陽節度使高元裕❶，大和三年❷，任司勳員外郎❸，寓宿南宮。晝夢有人告曰：「十年作襄刺史。」

既寤。髮鬚儀質，蓋偉秀士也❹。私異之。因援毫，以隱語記于廳之東楹掩映之處❺。曰：「大三寤襄刺十年❻。」洎開成三年❼，為御史中丞❽，既渝前夢，遂謂夢固虛耳。

是後出入中外，揚歷貴位❾。清望碩德，冠冕時流❿，海內傾注，佇升鼎鉉⓫。視刺襄，乃優賢之舉耳。

大中二年，由天官尚書授鉞漢南⓬，去前夢二十年矣。公謂楹上之字無復存也。因話其事於都官韋。好奇之士，注詣求焉。自公題記後，廨署補葺亦屢矣⓭。而毫翰煥然獨存。非神靈扶持而明徵於今日耶？公因屈指，以今之年，加曩之十，乃二十年矣。何陰騭之顯晦微婉，及期而朗悟之如此哉！

校志

一、本文據《太平廣記》卷二七八校錄，分段，並加注標點符號。

註釋

❶襄陽節度使高元裕——高元裕字景圭，渤海人。由吏部尚書拜山南東道節度使。襄陽：今湖北省襄陽縣。

❷大和三年——大和：文宗年號。約當西元八二九年。

❸司勳員外郎——屬吏部，官階從六品上。南宮：指尚書省。

❹髣髴儀質，蓋偉秀士也——醒了之後，想起夢中傳話的人，約略是一位偉岸清秀之士。

❺因援毫，以隱語記于廳之東楹掩映之處——因拿起筆（毫），用暗語在廳東柱上陰暗之處記下。

❻「大三寤襄刺十年」——此七字便是「大和三年夢到有人告以十年後將作襄陽刺使」的密語。

❼開成三年——唐文宗年號，共五年。從西元八三六至八四〇年。由大和三年，即八二九年，至開成三年，即八三八年，前後已十年之久了。

❽御史中丞——唐御史臺，主官為御史大夫，正三品。副手二人，稱御史中丞。正五品。高元裕十年任襄陽刺史的夢，完全不準了。因為，已超過（渝）十年了。唐刺史分上州、中洲、下州，官品為正四品下到從三品，都比御史中丞高。

❾出入中外，揚歷貴位——中：謂回朝中任事。外，外放為地方長官。經歷貴重的官位。

❿清望碩德，冠冕時流——清白的聲望，碩高的品德，為同時流輩之冠。

⓫海內傾注，佇升鼎鉉——海內，即國內。全國。傾注：企望。注意。海內傾注，又如今之所謂「眾望所歸。」佇，等著。鼎鉉：都是指宰相的職位。

⓬大中二年，由天官尚書授鉞漢南——大中、唐宣宗年號，共十三年，由西元八四七至八五九年。二年為八四八年。天官尚書：吏部尚書。授鉞：奉命為方面大臣。漢南：漢水之南。即今湖北漢口一帶地。

⓭廨署補葺亦屢矣——廨署：官衙。補葺——修繕。高元裕離開之後，官衙已屢經修繕。

二十七、衛庭訓

衛庭訓，河南人。累舉不第。天寶初，乃以琴酒為事。凡飲皆敬酬之。恆遊東市，遇友人飲於酒肆。

一日偶值一舉人，相得甚歡，乃邀與之飲。庭訓復酌❶。此人昏然而醉。庭訓曰：「君未飲，何醉也？」曰：「吾非人，乃華原梓桐神也。昨日從酒肆過，已醉君之酒。故今日訪君。適醉者，亦感君之志。今當歸廟，他日有所不及，宜相訪也。」言訖而去。

後旬日，乃訪之。至廟，神已令二使迎庭訓入廟。庭訓欲拜。神曰：「某年少，請為弟。」神遂拜庭訓為兄，為設酒食歌舞。既夕而歸。來日復詣。告之以貧。神顧謂左右看華原縣下，有富人命衰者，可收生魂來。鬼遍索之，其縣令妻韋氏衰，乃收其魂，掩其心。韋氏忽心痛殆絕。神謂庭訓曰：「可往得二百千與療。」庭訓乃歸主人，自署云：「解醫心痛。」令召之。庭訓入。依神教求二百千。令許之。庭訓投藥即愈如故。兒女欣忭❷，令亦喜。奉錢留宴飲。自爾無日不醉。

主人諭之曰：「君當隱貧窶，何苦使用不節乎？」庭訓曰：「但有梓桐神在，何苦貧也。」主人以告令，令召問之，具以實告。令怒，逐庭訓而焚梓桐神廟。

庭訓夜宿村店，忽見梓桐神來曰：「非兄之過，乃弟合衰。弟今往濯錦江立廟，極盛於此。可詣彼也。」言訖不見。

庭訓又往濯錦江。果見新廟。神見夢於鄉人，可請衛秀才為廟祝。明日鄉人請留之。歲暮，神謂庭訓曰：「吾將至天曹，為兄問祿壽。」去數日，歸。謂庭訓曰：「兄來歲合成名，官至涇陽主簿。秩不滿，有人迎充判官。」於是神置酒餞之。至京，明年果成名。釋褐❸授涇陽縣主簿。在任二載，分務閒暇，獨立廳事。有一黃衫吏持書而入，拜曰：「天曹奉命為判官。」遂卒於是夕。

校志

一、本文據《太平廣記》卷三〇二與商務《舊小說》第五集校錄、予以分段，並加上標點符號。

註釋

❶酧——酬俗字。

❷欣忭——欣喜拍手。

❸釋褐——進士及第後，有如今日之高考及格，取得資格。若要任官，還要經過吏部的考試。考取後，才能脫去褐布衣，換上官服。吏部試俗稱「釋褐試」。

二十八、崔圓❶

天寶末，崔圓在益州。暮春上巳❷。與賓客將校數十百人，具舟檝❸遊於江。都人縱觀如堵。是日風色恬和，波流靜謐❹，初宴作樂，賓從肅如。

忽聞下流十數里，絲竹競奏。笑語喧然。風水薄近❺如咫尺。須臾漸近。樓船百艘，塞江而至。皆以錦繡為帆，金玉飾舟。旌纛蓋傘❻。旌旗戈戟，繽紛照耀。中有朱紫十數人，綺羅妓女凡百許。飲酒奏樂方酣。他舟則列從官武士五六千人，持兵戒嚴，泝沿中流❼，良久而過。

圓即令訪問。隨行數里近舟。舟中方言曰：「天子將幸巴劍，蜀中諸望神祇遷移避駕，幸無深怪。」圓駭愕。因罷會。時朝廷無事，自此先為其備。明歲南狩❽，圓應卒無闕矣。

校志

一、本文據《太平廣記》卷三〇三與商務《舊小說》第五集校錄，予以分段，並添加標點符號。

註釋

❶崔圓——字有裕，貝州武城人。楊國忠遙領劍南節度使，引崔圓為左司馬，知留後。玄宗西出，途次扶風，遷崔圓為御史中丞，劍南節度副大使。他治城浚隍，列館宇，儲什具。玄宗皇帝幸蜀，朝廷百司殿宇帷幔皆備。君臣莫不嗟賞。玄宗乃拜崔圓為中書侍郎同中書門下平章事（宰相）。

❷暮春上巳——陰曆三月上旬之巳日，自古有修禊之俗。魏以後，但以三月三日為準，不復用日。民國十九年，改以陽曆三月三日為修禊之辰。

❸舟檝——檝，亦作楫，划船的槳。

❹風色恬和，波流靜謐——風色暖和，水波因之也很平靜。謐：音密。靜也。

❺薄近——迫近。

❻旄纛蓋傘——古來大官出巡，都要用旌旗羅傘。旄乃裝飾旗桿之物，纛音導，大旗。蓋和傘相近。

❼泝沿中流——沿著中流。泝，界限的意思。

❽南狩——天子出巡曰狩。南狩，自京城南下巡狩。

二十九、張光晟❶

賊臣張光晟，其本甚微而有才用。性落拓嗜酒❷。壯年為潼關卒，屢被主將鞭笞。因奉没至華州。盛暑驅馳，心不平。過嶽祠，遂脫衣買酒，致奠金天王。朗言曰：「張光晟身負才器，未遇知己。富貴貧賤，不能自料。惟神聰鑒，當賜誠告。」祀訖，因極飲大醉。晝寢於碑堂。

忽夢傳聲云：「喚張光晟。」迫蹙甚急。即入一府署，嚴邃異常❸。導者云：「張光晟到。」拜跪訖，遙見當廳貴人有如王者。謂之曰：「欲知官祿，但光晟拜相，則天下太平。」言訖，驚寤洽汗❹，獨怪之。後頻立戰功積勞，官至司農卿。

及建中德宗西狩，光晟奔從已至開遠門，忽謂同行朝官曰：「今日亂兵，乃涇卒迴戈耳。無所統正，應大掠而過。如令有主，禍未可知。朱泚久在涇原，素得人心。今者在城❺。儻收涇卒扶持，則難制矣。計其倉遑，未暇此謀。諸公能相逐，涇往至泚宅召之俱西乎？」

諸公持疑。光晟即奔馬詣泚曰：「人主出京，公為大臣，豈是宴居之日。」泚曰：「願從公去。」命駕將行，而涇卒已集其門矣。光晟自將逃去，因為泚所縻。然而奉泚甚力。每有戰，常在其間。及神慶之陣，泚拜光晟僕射平章事，統兵出戰，大敗而還❻。方寤神告為徵矣。

校志

一、本文據《太平廣記》卷三〇四與商務《舊小說》第五集校錄，予以分段，並加注標點符號。

註釋

❶張光晟——事蹟見《新唐書》二百二十五中逆臣〈朱泚傳〉。朱泚滅亡後，諸逆臣一一斬首。李晟愛張光晟才，表丐原死。駱元光怒曰：「吾不能與反虜同坐。」拂衣而去。晟乃將張光晟斬首。

❷性落拓嗜酒——散漫無檢制叫落拓。落拓、落托。

❸嚴邃——莊嚴深邃。古來王府相府，房屋都是莊嚴寬深的。

❹洽汗——汗流浹背。浹亦作洽。

❺今者在城——涇原亂兵鬧事，德宗西狩。先是朱泚弟朱滔叛，遣人與泚書。書為河東馬燧獲得，帝召泚，給他看滔之信，泚惶懼，於是帝以張鎰節度鳳翔，調朱泚回京城。泚素有德於涇原人。故涇原兵亂，張光晟乃有「今者，朱泚在城」之語。他希望朱泚出面能解決問題。他去找朱泚，朱泚果然出面，涇原兵卒早已聚集在他住家門外了。朱泚不但不平亂，居然稱帝，封其弟朱滔為王。張光晟居然一路協助他，領軍作戰。

❻及神慶之陣——這句話費解。按：李晟率領渾瑊、駱元光、尚可孤等軍馬攻朱泚，大敗朱泚。朱泚餘范陽卒三千。他走投無路，為手下梁廷芬與自己的腹心朱悟孝射中墜窖中，韓旻、薛綸、高幽嵒、武震、朱進卿、董希芝六人共斬泚，時，朱泚才四十三歲。後張光晟也被李晟殺了。

三十、李納❶

貞元初，平盧帥李納病篤，遣押衙王祐禱於岱嶽❷。祐齋戒而往。及嶽之西南，遙見山上有四五人，衣碧汗衫半臂。其餘三四人，雜色服飾，乃從者也。

碧衣持彈弓彈古樹上山鳥，一發而中，鳥墮樹。從者爭掩捉。王祐見前到山下人，盡下車卻蓋，向山齊拜。比祐欲到，路人皆止祐下車：「此三郎子七郎子也。」遂拜。

碧衣人從者揮路人令上車。路人躊躇。碧衣人自揮手，又令人上持彈弓於殿西南，以彈弓斲❸地俯視，如有所伺。見王祐，乃召之前曰：「何為來？」祐具以對。碧衣曰：「吾本使已來矣，何必更為此行。要見使者乎？」遂命一人曰：「引王祐見本使。」遂開西院門引入，見李納荷校滅耳❹，踞席坐於庭。王祐驚泣前伏，抱納左腳噬其膚。引者曰：「王祐可退卻。」引出。

碧衣在殿階。謂祐曰：「要見新使邪？」又命一人從東來，形狀短闊，神彩可愛。碧衣曰：「此君新使也。」祐拜訖無言。

祐似欠嚏而遲者久之，忽無所見。帷蒼苔松柏，悄然嚴靜。乃薦奠而迴。見納，納呼入臥內問王祐。祐但以薦奠畢，擲樗蒲投具，得吉兆告納。納曰：「祐何不實言？何故啞吾足？」於是舉足。乃祐所啞足跡也。祐頓首具以實告。納曰：「適見新使為誰？」祐曰：「見則識，不知其名也。」納乃召三人出。至師古，曰：「此是也。」納遂授以後事。言畢而卒。王祐初見納荷校，問曰：「僕射何故如此？」納曰：「平生為臣之辜❺也，蓋不得已，今日復奚言也！」

校志

一、本文據《太平廣記》卷三〇五與商務《舊小說》第五集校錄，予以分段，並加上標點符號。

二、末句：「如何今日復言笑也？」《廣記》作「今日復奚言也。」較順。我們從廣記。

註釋

❶李納——其父李正己為高麗人。李正己逐走侯希逸，為平盧節度使。四十九歲去世。納代父

為平盧節度使。德宗興元初歸命。授檢校工部尚書、平盧帥、同中書門下平章事、封隴西郡王。死時才三十四歲，子師古嗣。

❷押衙——管理儀仗侍衛之官。岱嶽、泰山。

❸斲——斵俗字。砍也。音琢。

❹荷校滅耳——校、刑具。荷校、加刑具於頸。滅耳，把耳朵都給蓋住了。

❺為臣之幸也——作臣子的罪。因為他「不臣」！

語譯

唐貞元初年，平盧節度使李納病重，派遣叫王祐的押衙官到泰山（岱嶽）祈禱拜神。王祐沐浴齋戒之後前往。

到了泰山西南，遙遙看見山上有四五人，穿著碧色汗衫背心。其餘三四人，雜色，乃是隨從。

一位碧衣人持彈弓彈古樹上的一只山鳥，一發而中。鳥從樹上掉下。隨從爭相捕捉。王祐看到比他早到的人，全都下車卻蓋，向山上的碧衣人拜倒。王祐將到，路人都要他停車，下地跪拜。對他說：「這是三郎子和七郎子！」王祐也隨大家下拜。

碧衣人的隨從揮手要他們上車。路人正猶豫，碧衣人乃親自揮手，又令人持彈弓在神殿西南以彈弓敲地俯視，似乎有所見。見了王祐，乃命他上前。問：「為何事而來？」王祐告以為李帥祈禱而來。

碧衣人說：「他自己都來了，何必你多此一舉。要見他嗎？」

遂命令一人，領王祐從西院門進入。只見李納帶了刑具，連耳朵都被刑具包住了。蹲坐在庭中。王祐大為驚慌，趴在地下哭。抱著李納的左腳，咬他的皮膚。

引導的人說：「王祐可離開了。」引王祐出門。

碧衣人在殿階。他對王祐說：「要見新節度使嗎？」命一人從東邊過來。其人形狀矮胖，神氣可愛。碧衣人說：「這是你們的新節度使。」王祐拜見，卻沒說話。

王祐好像打呵欠、打噴嚏（「嚏」，疑是「嚔」之誤植），遲遲久之，忽然發現一切人物都不見了，只有蒼苔和松樹柏樹，一片寂靜。於是祭祀了一番便回轉。

見到了李納。李納把王祐叫到臥室，訊問他。王祐只說：「祭奠已完，擲子，得了好采。」李納說：「你為何不說實話？你為什麼咬我的腳？」他把腳舉起來給王祐看，上面還有被咬的痕跡。

王祐乃叩頭據實報告。

李納問：「剛才見到的新節度使是誰？」王祐說：「看到了，一定認識，卻不知道他的名字。」

李納叫出三人，一人是李師古。王祐指著李師古說：「是他。」

李納遂交代師古後事。交代完，便死了。

王祐初見李納戴著刑具，問李納：「僕射（當係李納有加僕射銜）為何戴刑具？」李納說：「是我平生為臣不忠的罪過，實在不得已！現在還有什麼好說的？」

三十一、沈聿

貞元❶中，庶子❷沈某致仕永崇里。其子聿，尉三原❸。素有別業，在邑之西。聿因官，遂修葺焉。於莊之北，平原十餘里。坦古埏以建牛坊。秩滿因歸農焉❹。

一日晝寢堂之東軒，忽驚寤。見二黃衣吏謂聿曰：「府司召郎。」聿自謂官罷，無事詣府。拒之未行，二吏堅呼。聿不覺隨出。經歷親愛洎家人❺，揮霍告語❻，曾無應者。二吏呵驅甚迫。遂北行可二十里，至一城署。人民稀少，道路蕪穢，正衙之東街，南北二巨門對啓。吏導入北門，止聿屛外，入云：「追沈聿到。」

良久，廳上讀狀付司責問，聿惶懼而逃。莫知所詣。遂突入南門。門內有廳，重施簾幙。聿危急，逕入簾下。則見紫衣貴人，寢書案後。聿欣有所投，又懼二吏之至，因聲氣撼動，紫衣遂寤❼。熟視聿曰：「子為何者？」聿即稱官及姓名。紫衣曰：「吾與子親且故，子其知乎？」聿驚惑未對。又曰：「子非張氏之彌甥❽乎？吾而祖舅也。子在人間，亦知張謂侍郎乎？」聿曰：「幼稚時則聞之。家有文集，尚能記念。」紫衣喜曰：「試為我言。」聿念「櫻桃解結垂簷子，楊柳能低入戶枝。」紫衣大悅。二吏走至前庭曰：「秋局召沈聿。」因遙拜。呼紫衣曰生曹⑩。禮謁甚恭。紫衣謂曰：「沈聿吾之外孫也，爾可致吾意於秋局，希緩其期。」二吏承命而出。俄返曰：「敬依教。」

紫衣曰：「爾死矣，宜速歸。」聿謝辭而出。吏伺聿於門。笑謂聿曰：「生曹之德，其可忘哉？」因引聿而南。聿大以酒食錢帛許之。忽若覺。日已夕矣。亦不以告人。即令夢致奠二吏於野外。聿亦無恙。

又五日，聿晚於莊門復見二吏曰：「冤訴不已，須得郎為證。」聿即詢其事犯。二吏曰：「郎建牛坊，平夷十古塚，大被論理，候郎對辯。」聿謂曰：「此主沒之家人銀鑰擅意也。」二吏相顧曰：「置郎召奴或可矣。」因忽不見。其夜銀鑰氣蹶而卒。數日忽復遇二吏謂聿曰：「銀鑰稱郎指教，屈辭甚切。郎宜自注。」聿又勤求特希一為告於生曹。二吏許諾。有頃復。至曰：「生曹遣郎今夕潛遯⑪，慎不得洩。藏伏三日，事則濟矣⑫。」言訖不見。

聿乃密擇捷馬乘夜獨遊。聿曾於同州法輪寺寓居習業，因往詣之。及出遇所友之僧出，因投其房留宿累日。懼貽嚴君之憂，則逕歸京。不敢以實啓。莊夫至云：「前後火發。北原之牛坊。已為煨燼矣⑬。」聿終免焉。

校志

一、本文據《太平廣記》卷三〇七與商務《舊小說》第五集校錄，予以分段，並加上標點符號。

註釋

❶貞元——唐德宗年號，共二十年。西元七八五至八〇四年。

❷庶子——官名，太子官屬。唐分左右庶子，分掌左右書坊事。

❸尉三原——縣有縣尉，主捕盜賊。尉在此為動詞。尉三原，意為任三原縣尉。

❹坦古埏以建牛坊。秩滿因歸農焉——將古墓弄平坦以改建牛坊，任滿之後，歸田務農。埏、墓道。

❺經歷親愛洎家人——經過親人及家人面前。

❻揮霍告語——搖手曰揮，反手曰霍。極言動作之輕捷。揮霍告語：匆遽向家人說話。

❼因聲氣撼動，紫衣遂寤——因為奔跑了而氣喘吁吁，驚醒了紫衣。按：唐宰相為三品。一由四品官升上三品，官服即由紅轉緋（紫）色。紫衣，表示官品甚高。

❽彌甥——彌、遠也。彌甥：遠房外甥。

❾秋局——古時掌刑獄之官稱秋官。秋局，可能是掌刑法之司、局。

❿生曹——可能是主生的衙門。

⓫潛遁——遁、逃也。潛遁即潛逃。偷偷的逃走。

⓬事則濟矣——濟、成功。

⓭已為煨燼矣——已燒成灰燼了。煨燼：灰燼。

三十二、永清縣廟

房州永清縣，去郡東百二十里，山邑殘毀，城郭蕭條。穆宗時有縣令至任，逾年，其弟寧省，乍睹牢落❶。不勝其憂。暇日周覽四隅，無非榛棘。見荒廟巋然❷，土偶羅列，無門榜牌記，莫知誰氏。訪之邑吏，但云「永清大王」而已。

令弟徙倚久之❸，昏然成寐。與神相接。神曰：「我名跡不顯久矣，鬱然❹欲自述其由，恐為妖怪。今吾子致問，得伸積年之憤。我毗陵人也。大父于隱，吳書有傳。誅南山之虎，斬長橋之蛟，與民除害，陰功昭著。余素有壯志，以功佐時。余名廓，為上帝所命，於金、商、均、房、四郡之間，捕鷙獸❺。余數年之內，勦戮猛虎❻，不可勝數。生聚頓安。虎之首帥在西城郡，其形偉博，便捷異常。身如白錦，額有圓光如鏡，害人最多。余亦誅之。居人懷恩，為余立廟。自襄漢之北，藍關之南，凡三十餘處，皆余憩息之所也。歲祀綿遠❼，俗傳多誤。以余為白虎神。幸君子訪問，願為顯示，以正其非。」

他日，令弟言於襄陽從事，乃書版寘於廟中❽。塵侵雨漬，文字將滅，大中壬申歲，襄州觀察判官王澄，刻石於廟。

校志

一、本文據《太平廣記》卷三〇七與商務《舊小說》第五集校錄，予以分段，並加上標點符號。

註釋

❶牢落——遼落。李賀詩：「長卿牢落悲空舍。」有「零落」的意思。
❷見荒廟巋然——巋然、高峻獨立。
❸徙倚久之——徘徊了很久。徙倚：低佪。低回。
❹鬱然——鬱悶。
❺鷙獸——鳥類之猛者稱鷙。鷙獸，兇猛的野獸。
❻勦戮猛虎——勦殺猛虎。

❼歲祀綿遠——受祭祀之日過於久遠。

❽寘於廟中——寘音至。置於廟中。

三十三、凌華

杭州❶富陽獄吏曰凌華，骨狀不凡。嘗遇施翁相曰：「能捨吏，當為上將軍。」華為吏酷暴。每有縲紲者❷，必扼喉撞心，以取賄賂❸。元和初❹，病一夕而死。將死，見黃衫吏齎詔而前，宣云：「牒奉處分，以華昔日曾宰劇縣❺，甚著能績。後有缺行，敗其成功。謫官圜扉，伺其修省❻。既迷所履，大乖乃心❼。玉枕巍然，委于庸賤❽。念茲貴骨，須有所歸。今鎮海軍討逆諸臣，合為上將。骨未圓實，難壯威稜❾。宜易之以得人。免塊然而妥處❿。付司追凌華，鑿玉枕骨送上⓫。仍令所司，量事優恤。⓬」

於是黃衫吏引入。有綠冠裳者隔簾語曰：「今日之來，德之不修也。見小吏而失祿，竊為吾子惜焉！」命左右取鉗槌。

俄頃，有緇衣豹袖執斤斧者⓭三人。綠裳賜華酒五盃，昏然而醉。唯聞琢其腦。聲絕而華醉醒。復止華於西階以聽命。

移時，有宣言曰：「亡貴之人，理宜裨補⓮。量延半紀，仍賚十千⓯。」宣訖。綠衣延華升階語曰：「吾漢朝隱屠釣之人也。蓋求全身，微規小利。既歿之後，責受此官。位卑職猥，殊不快志。足下莫歎失其貴骨。此事稍大，非其一人。」命酒與華對酌別。飲數盃，冥然無所知。既醒。宛然在廢床之上。捫其腦而骨已亡。其儕流賻助，凡十千焉。後十五年而卒。

校志

一、本文據《太平廣記》卷三〇七校錄，予以分段，並加注標點符號。

註釋

❶杭州——即今之浙江杭州。

❷每有縲絏者——縲、黑索也。絏、攣也。縲絏：所以拘罪人。縲絏者即犯人。

❸必扼喉撞心，以取賄賂——扼罪犯的喉，撞犯人的心，搾取賄賂。

❹元和初——元和、唐憲宗年號。

❺曾宰劇縣——唐代縣分六等：京縣、畿縣、上縣、中縣、中下縣、下縣，縣令的官階，從正五品上到從七品下。劇縣應該在中、中下之間。惟據《唐六典》：「大唐縣有赤（即京）、畿、望、緊、上、中、下七等之差。」（卷三十三・縣令）

❻謫官圜扉，伺其修省——謫官到任獄（圜扉）吏，望他修身反省。

❼既迷所履，太乖乃心——既然迷惑於該作的事，大大的違背了良心。

❽玉枕凝然，委于庸賤——高貴的玉枕骨，委質於庸賤之人！

❾骨未圓實，難壯威稜——沒有圓實的玉枕骨，難以表現出威壯的樣子。稜：威也。

❿宜易之以得人。免塊然而妄處——玉枕骨應該換到該得之人，以免它妄處於不該處的地方。

⓫付司追凌華，鑿玉枕骨送上——付給有司，鑿凌華的玉枕骨送上。

⓬仍令所司，量事優恤——仍令主管官府，斟酌給予凌華優厚的撫卹。

⓭緇衣豹袖執斤斧者——黑衣豹紋袖上的執斧者。

⓮亡貴之人，理宜裨補——失去了貴相的人，理應給他一些補償。

⓯量延半紀，仍賚十千——酌量給他延壽半紀，即十五年，讓他得到萬錢。

三十四、劉元迴

劉元迴者，狡妄人也❶。自言能鍊水銀作黃金。又巧以鬼道惑衆。衆多迷之，以是致富。

李師古鎮平盧，招延四方之士，一藝者至，則厚給之。元迴遂以此術干師古❷。師古異之。面試其能。或十銖五銖，皆立成焉。蓋先以金屑置於汞中也。

師古曰：「此誠至寶。宜何用❸？」元迴貴成其奸，不虞後害。乃曰：「雜之他藥，涂燒三年，可以飛仙。為食器，可以避毒。以為翫用，可以辟邪❹。」

師古大神之，因曰：「再燒，其期稍緩，子且為我化十斤。將備吾所急之器也。」元迴本衒此術，規師古錢帛❺，逡巡則謀遯去❻。為師古縻之，專令燒金，其數極廣。元迴無從而致。因以鬼道說師古曰：「公紹續一方，三十餘載❼。雖戎馬食廩。天下莫與之儔❽，然欲遣四方仰歸威德，所圖必遂者，須假神祇之力。」師古甚悅。因而詢之。

元迴則曰：「泰嶽天齊王，玄宗東封，因以沈香刻製其像，所以玄宗享國永年。公能以他寶易其像，則受福與開元等矣。」師古狂悖，甚❾然之。

元迴乃曰：「全軀而致。或恐卒不能辦。且以黃金十五斤，鑄換其首，固當獲祐矣。」師古曰：「君便先為燒之，速成其事。」元迴大笑曰：「天齊雖曰貴神，乃鬼類耳。若以吾金為其首，豈冥鬼敢依至靈之物哉？是則斥逐天齊，何希其福哉？但以山澤純金而易之，則可矣。」師古尤異之，則以藏金二十斤，恣元迴所為。仍命元迴就嶽廟而易焉。

元迴乃以鉛錫雜類，鎔其外而置之，懷其真金以歸。為師古作飲食器皿，靡不辦集矣。師古尤加禮重。事之如兄。玉帛姬妾居第，資奉甚厚。

明年，師古方宴僚屬將吏，忽有庖人，自廚逕詣師古於衆會之中❿。因舉身丈餘，蹈空而立⓫。大詬⓬曰：「我五嶽之神，是何賊盜，殘我儀質！我上訴於帝，涉歲方歸。及歸，我之甲兵軍馬帑藏財物，皆為黃石公所掠去！」則又極罵。復聳身數丈，良久履地。師古令曳去。庖人無復知覺。但若沈醉者數日。師古則令晝作戎車戰士戈甲旌旗及紙錢綾帛數十車，就泰山而焚之。尚未悟元迴之奸。方將理之，而師古暴瘍，不數日，腦潰而卒。其弟師道領事，即令判官李文會虞早等按元迴之辭窮，戮之於市。

校志

一、本文據《太平廣記》卷三〇八與商務《舊小說》第五集校錄，予以分段，並加上標點符號。

註釋

❶狡妄人也——狡猾狂妄之人。

❷元迥遂以此術干師古——高麗人李正己逐走侯希逸，任平盧節度使，子李納繼之。納死後，傳子師古，雄踞一方。祖孫三代盤據其地已三十餘年，劉元迥乃以鍊水銀作黃金之法干說師古，目的在求財。

❸此誠至寶。宜何用？——鍊水銀成金，師古認是至寶，因問：「宜作何用途？」

❹元迥貴成其奸，不虞後害——元迥一心想遂其奸謀，不怕遺害。他對師古說：「所鍊成的黃金，加上若干藥物鍊燒三年，可以成仙。作為飲食器皿，可以避毒。作為玩物，可以辟邪。」

❺規師古錢帛——圖謀師古的錢帛。

❻逡巡則謀遯去——有機會便圖逃走。

❼公紹續一方——自李正己至李納、再傳至李師古，三代已三十餘年。紹續：父子相承。

❽天下莫與之儔——天下沒有能比得上的。

❾師古狂悖甚——師古狂妄叛逆之甚也。

❿自廚徑詣師古於眾會之中——從廚房一直走到師古與眾人聚會之處。

⓫蹈空而立——立在空中。

⓬詬——怒罵。

三十五、馬總

馬總❶為天平節度使。暇日，方修遠書，時術人程居在傍。總憑几忽若假寐，而神色慘蹙❷，不類於常。程不敢驚，乃徐起詰其佐相元封告❸之。

俄而總召元封屏人謂曰：「異事，異事。某適有所詣，嚴邃崇閎❹，王者之居不若也。為人導前，見故杜十丈司徒❺，笑而下階相迎曰：「久延望甚，喜相見。」因留連曰：「祐之此官，亦人世之中書令耳。六合之內，靡不關由❻。然久處會劇，心力殆倦❼，將求賢自代。公之識度，誠克大用，況親且故，所以奉邀，敬以相授。」

總因辭退，至於泣下。良久，杜乃曰：「既未為願，則且歸矣。然二十年，當復相見。」總既寤，大喜其壽之遐遠。自是後二年而薨。豈馬公誤聽，將祐增其年，以悅其意也。

校志

一、本文據《太平廣記》卷三〇八與商務《舊小說》第五集校錄，予以分段，並加注標點符號。

註釋

❶馬總——馬總字會元，元和中為刑部侍郎兼御史大夫，副裴度宣慰淮西。吳元濟被擒，為彰義節度留後。不久任淮西節度使。李師道平，將鄆、曹、濮合為一道，除摠為節度使，賜號天平軍、長慶二年檢校尚書左僕射，入為戶部尚書。摠篤學，論著頗多。卒後，贈左僕射，謚曰懿。本故事所說「馬總」，與天平軍節度使馬摠同，似屬一人。摠、總或字。

❷神色慘蹙——神色悲慘迫促的樣子。

❸詣其佐相元封告之——詣：往。至。往見節度使之左相元封，告以其事。

❹嚴邃崇閟——莊嚴深廣崇高而祕密。

❺杜十丈司徒——唐人好以排行相稱，如張三相公、李四侍郎之類。杜十丈司徒、按杜佑於德宗崩時，攝冢宰，檢校司徒、元和七年薨。以時間來算，馬摠夢見他，毫無不合之處。

❻六合之內，靡不關由——六合、天地四方也。天上地下，無不包括在內。

❼久處會劇，心力殆倦——久處艱難案事會集，心力都將耗盡了。

三十六、蔣琛

雲人蔣琛❶，精熟二經❷，常教授於鄉里。每秋冬，於雲溪太湖中流，設網罟以給食。常獲巨龜❸，以其質狀殊異，乃顧而言曰：「雖入余且之網，俾免刳腸之患。既在四靈之列，得無愧於鄙叟乎？❹」乃釋之。龜及中流。凡返顧六七。

後歲餘，一夕風雨晦冥，聞波間洶洶聲。則前之龜扣舷人立而言曰：「今夕太湖雲溪松江神境會，川瀆諸長，亦聞應召❺。開筵解榻，密邇漁舟，以足下淹滯此地，持網且久，纖鱗細介，苦於數網。脫禍之輩，常懷怨心。恐水族乘便，得肆胸臆。昔日恩遇，常貯懇誠❻。由斯而來。冀答萬一。能退咫尺以遠害乎？」琛曰：「諾。」遂於安流中。纜舟以伺焉。

未頃，有龜鼉魚鱉❼。不可勝計，周匝二里餘，蹙波為城，遏浪為地❽。闢三門，垣通衢❾。異怪千餘，皆人質螭首❿。執戈戟，列行伍。守衛如有所待。

續有蛟蜃⓫數十，東西馳來。乃噓氣為樓臺，為瓊宮珠殿，為歌筵舞席，為座榻裀褥。頃刻畢備。其尊罍器皿玩用之物，皆非人世所有⑫。

又有神魚數百，吐火珠，引甲士百餘輩，擁青衣黑冠者，由雲溪南津而出。復見水獸亦數百，銜耀⑬，引鐵騎二百餘，擁朱衣赤冠者，自太湖中流而來。至城門，下馬交拜。

溪神曰：「一不展覿。五紀（紀原作絕。據陳校本改）于茲⑭。雖魚鴈不絕，而笑言久曠。勤企盛德，衷腸惄然⑮。」

湖神曰：「我心亦如之。」

揖讓次，有老蛟前唱曰：「安流王上馬。」

於是二神立候焉。則有衣虎豹之衣。朱其額，青其足。執蠟炬。引旌旗戈甲之卒。凡千餘。擁紫衣朱冠者。自松江西泝而至⑯。二神迎於門。設禮甚謹。敘暄涼竟⑰。

江神曰：「此去有將為宰執者北渡，而神貌未揚，行李甚艱。恐神不識不知。事須帖屏翳收風，馮夷息浪⑱。斯亦上帝素命，禮宜躬親。吾子清塵，得免舉罰否。然竊於水濱拉得范相國來⑲，足以補其尤矣。」

乃有披褐者，仗劍而前⑳。溪湖神曰：「欽奉實久。」范君曰：「涼德未泯，吳人懷恩。立祠於江瀆㉑，春秋設薄祀。為村醪所困，遂為江公驅來。唐突盛筵，曾增慚慄。」於是揖讓入門。

既即席，則有老蛟前唱曰：「湘王去城二里。」

俄聞軿闐車馬聲[22]。則有綠衣玄冠者，氣貌甚偉。驅殿亦百餘[23]。既升階。與三神相見。曰：「適輒與汨羅屈副使俱來。」乃有服飾與容貌慘悴者，傴僂而進[24]。

方即席。范相笑謂屈原曰：「被放逐之臣，負波濤之困。讒痕謗跡，骨銷未滅，何慘面目？[25]」更獵其盃盤。

屈原曰：「湘江之孤魂，魚腹之餘肉。焉敢將喉舌酬對相國乎？然無聞穿七札之箭，不射籠中之鳥。剸洪鍾之劍，不剸几上之肉[26]。且足下亡吳霸越，功成身退。逍遙于五湖之上，輝煥於萬古之後。故鄙夫竊仰重德盛。不敢以常意奉待。何今日戲謔於綺席？恃意氣於放臣，則何異射病鳥於籠中？剸腐肉於几上？[27]竊於君子惜金鏃與利刃也。」

於是湘神動色，命酒罰范君。

君將飲，有女樂數十輩，皆執所習於舞筵。

有俳優揚言曰：「皤皤[28]美女，唱『公無渡河』[29]。」

其詞曰：

「濁波揚揚兮凝曉霧。公無渡兮公竟渡。風號水激兮呼不聞。提衣看人兮中流去。浪排衣兮隨步沒。沈屍深入兮蛟龍窟。蛟螭盡醉兮君血乾，推出黃沙兮泛君骨。當時君死兮妾何適？遂就波瀾兮合魂魄。願持精衛銜石心，竊取河源塞魂魄。」

歌竟，俳優復揚言曰：「謝秋娘舞採桑曲。」凡十餘疊。曲韻哀怨。舞未竟，外有宣言：「申徒（屠）先生從河上來，徐處士與鴟夷君自海濱至。」乃隨導而入。江、溪、湘、湖，禮接甚厚。

屈大夫曰：「子非蹈甕抱石抉眼之徒與？」對曰：「然。」屈曰：「余得朋矣！」

於是朱弦雅張，清管徐奏。酌瑤觥，飛玉觴。陸海珍味，靡不臻極。

舞竟，俳優又揚言：「曹娥唱怨江波，凡五疊。」琛所記者唯三。其詞云：

「悲風淅淅兮波綿綿，蘆花萬里兮凝蒼煙。蚪螭窟宅兮淵且玄。排波疊浪兮沈我天。所覆不全兮身寧全，溢眸恨血兮徒漣漣。誓將柔荑抉鋸牙之喙，空水府而藏其腥涎。青娥翠黛兮沈江壖，碧雲斜月兮空嬋娟。吞聲飲恨兮語無力，徒揚哀怨兮登歌筵。」

歌竟，四座為之慘容。江神把酒，太湖神起舞作歌曰：

「白露溥兮西風高，碧波萬里兮翻洪濤。莫言天下至柔者，載舟覆舟皆我曹。」

江神傾盃，起舞作歌曰：

「君不見，夜來渡口擁千艘，中載萬姓之脂膏。當樓船泛泛於疊浪，恨珠貝又輕於鴻毛。又不見，潮來津亭維一舸，中有一士青其袍。赴宰邑之良日，任波吼而風號。是知溺名溺利者，不免為水府之腥臊！」湘王持盃，霅溪神歌曰：

「山勢縈迴水脈分，水光山色翠連雲。四時盡入詩人詠，役殺吳興柳使君。」

酒至溪神，湘王歌曰：

「渺渺煙波接九嶷，幾人經此泣江籬？年年綠水青山色，不改重華南狩時。」

於是范相國獻境會夜宴詩曰：

「浪闊波澄秋氣涼，沈沈水殿夜初長。自憐休退五湖客，何幸追陪百谷王。香裊碧雲飄几席。觥飛白玉灩椒漿。酒酣獨泛扁舟去，笑入琴高不死鄉。」

徐衍處士獻境會夜宴并簡范詩曰：

「珠光龍耀火燑燑，夜接朝雲宴渚宮。鳳管清吹淒極浦，朱弦間奏冷秋空。論心幸遇同歸友。揣分慚無輔佐功。雲雨各飛真境後，不堪波上起悲風。」

屈大夫左持盃，右擊盤，朗朗作歌曰：

「鳳騫騫以降瑞兮，患山雞之雜飛。玉溫溫以呈器兮，因碔砆之爭輝。當侯門之四闢兮，墐嘉謨之重扉。既瑞器而無庸兮，宜昏暗之相微。徒刳石以為舟兮，顧沿流而志違。將刻木而作羽兮，與超騰之理非。矜孑孑於空闊兮，靡群援之可依。血淋淋而滂流兮，顧江魚之腹而將歸。西風蕭蕭兮湘水悠悠，白芷芳歇兮江離秋。日晼晼兮川雲收，棹四起兮悲風幽。羈魂汨沒兮，我名永浮。碧波雖涸兮，厥譽長流。向使甘言順行于曩昔，豈今日居君王之座頭。是知貪名洵祿而隨世磨滅者，雖正寢而而原作之，據明鈔本改。死兮，兮原作乎？據明鈔本改。無得與吾儔。當鼎足之嘉會兮，獲周旋於君侯。雕盤玉豆兮羅珍羞，金卮瓊斝兮方獻酬。敢寫心兮歌一曲，無誚余持盃以淹留。」

申屠先生獻境會夜宴詩曰：

「行殿秋未晚，水宮風初涼。誰言此中夜，得接朝宗行。靈鼉振鼕鼕，神龍耀煌煌。紅樓壓波起，翠幄連雲張。玉簫冷吟秋，瑤瑟清含商。賢臻江湖叟，貴列川瀆王。諒予衰俗人，無能振穨綱。分辭皆亂世，樂寐蛟螭鄉。棲遲幽島間，幾見波成桑。爾來盡流俗，難與傾壺觴。今日登華筵，稍覺神揚揚。方歡滄浪侶，遽恐白日光。海人瑞錦前，豈敢言文章？聊歌靈境會，此會誠難忘。」

鴟夷君銜盃作歌曰：

「雲集大野兮血波洶洶。玄黃交戰兮吳無全壟。既霸業之將墜，宜嘉謨之不從。國步顛蹶兮吾道遘凶。處鴟夷之大困，入淵泉之九重。上帝愍余之非辜兮，俾大江鼓怒其冤蹤。所以鞭浪山而疾驅波岳，亦粗足展余拂鬱之心胸。當靈境之良宴兮，謬尊俎之相容。擊蕭鼓兮撞歌鍾。吳謳越舞兮歡未極，遽軍城曉鼓之鼕鼕。願保上善之柔德，何行樂之地兮難相逢。」

歌終。雲郡城樓早鼓絕，洞庭山寺晨鍾鳴。而飄風勃興，玄雲四起。波間車馬音猶合沓。頃之，無所見。曙色既分，巨龜浚延首於中流，顧眄琛而去。

校志

一、本文據《太平廣記》卷三〇九校錄，予以分段，並加注標點符號。

註釋

❶雲人蔣琛——雲、音聞。雲溪、在浙江吳興縣南、自浮玉山曰苕溪，自銅峴山曰前溪。自天目山曰餘不溪，自德清縣北流至湖州南興國寺曰雲溪。四水合為一水，流入太湖。

❷精熟二經——所謂「二經」，應該是詩、書、易、禮、春秋五經中之二。所以才能在鄉里中

任教。

❸常獲巨龜——常在此不是常常，而是「嘗」，曾經。

❹雖入……四句——雖誤入我的網罟之中，免殺身刳腸之苦，但龜乃是龍、鳳、龜、麟四靈之一，進入人網罟之中，難道不會難為情嗎？

❺今夕太湖霅溪松江神境會，川瀆諸神，亦聞應召——今天晚上太湖、霅溪、松江諸神聚會，聽說小河（川）和小溝的「長」也應召了。

❻常貯慤誠——慤：誠也。常抱誠敬之心。

❼有龜鼉魚鱉——俱是水族。

❽蹙波為城，遏浪為地——蹙：迫。遏：阻止。

❾闢三門，垣通衢——闢：開闢。垣：矮牆。築矮牆以開出通路。

❿人質螭首——像龍的頭，而具人的身體。

⓫蛟蜃——蛟：龍之屬。蜃：蛟屬。或謂大蛤。能吁氣成樓臺城廓之狀。

⓬其尊罍器皿玩用之物，皆非人世所有——尊：酒器。罍：酒罇。

⓭銜耀——耀：照明。銜耀：應該是「攜帶了照明之物。」

⓮一不展覿，五紀于茲——覿：音荻，見也。紀：十二年為一紀。一不見面，便過了六十年了！

⓯勤企盛德，衷腸惄然——常常企望您的盛德，不能常近言笑，中心不免難過。惄：音溺。

憂也。

⑯自松江西泝而至——泝字不見字書。

⑰敘暄涼竟——敘寒溫畢。即寒暄完了。

⑱事須帖屏翳收風，馮夷息浪——屏翳：或謂雲神，或謂雷神。或謂風師。馮夷：水神。帖，以文書通知也。因為宰相要經過，應該通知屏翳和馮息兩神，平風息浪。

⑲范相國——此處應該是指范蠡。

⑳披褐者，仗劍而前——唐士人衣褐，中進士試得官後，始脫去換官衣，名「釋褐」。范蠡棄官而涉足江湖，故改回衣褐。

㉑涼德未泯，吳人懷恩。立祠於江瀆——涼德：薄德。泯：滅。江瀆：水涯。

㉒軿闐車馬聲——軿：車聲。闐：聲音。許多車馬之聲。

㉓驅殿亦百餘——前驅和後殿的。

㉔傴僂而進——彎腰駝背的走進來。

㉕范相笑謂屈原五句——被放逐的臣子，被波濤所困。讒言謗語的痕跡還在，多少年來（骨都銷了）還留存著，為什麼還要一臉悽慘？

㉖穿七札之箭，不射籠中之鳥。剸洪鍾之劍，不剸几上之肉——箭雖利，能穿透七札。《左傳》「蹲甲而社之，徹（貫穿）七札焉。」卻不會射關在籠中的鳥。擊洪鍾（鐘）的劍，不

會用來切几上的肉。

㉗恃意氣於放臣，則何異射病鳥於籠中？剸腐肉於几上——（足下使吳國滅，使越國稱霸，功成身退，名耀萬古，而在盛筵上取笑於我）足下對我這個被逐的臣子意氣用事，和用利箭射籠中的病鳥、用快劍切几上的腐肉，有何不同？

㉘皤皤——頭髮白白的樣子。

㉙公無渡河——古歌曲名：「公無渡河，公竟渡河！渡河而死，其奈公何？」

三十七、陳導

唐陳導者，豫章人也。以商賈為業。龍朔中❶乃泛舟之楚，夜泊江浦❷，見一舟泝流而來❸，亦宿於此。導乃移舟近之。見一人。龐眉大鼻❹如吏，在舟檢勘文書。從者三五人。導以同旅相值，因問之曰：「君子何往？幸喜同宿此浦。」龐眉人曰：「某以公事到楚，幸此相遇。」導乃邀過船中。龐眉亦隨之。導備酒饌。

飲經數巡，導乃問以姓氏。龐眉人曰：「某姓司徒名弁，被差至楚，已來充使。」導又問曰：「所主何公事也？」弁曰：「公不宜見問。君子此行，愼勿以楚為意。願適他土耳。」導曰：「何也？」弁曰：「吾非人也，冥司使者。」導驚曰：「何故不得之楚？」弁曰：「吾往楚行災，君亦其人也。感君之惠，故相報耳。然君須以錢物計會，方免斯難。」導懇苦求之。弁曰：「但俟我從楚回。君可備緡錢一二萬相貺❺。當免君家。」導許諾。告謝而別。

是歲，果荊楚大火，延燒數萬家，蕩無孑遺❻。導自別弁後，以憂慮繫懷，及移舟而返。既至豫章，弁亦至矣。導以慳鄙❼為性，託以他事，未辦所許錢。使者怒，乃令從者持書一緘與導，導開讀未終，而宅內欻然火起❽，凡所財物悉盡。是夕無損他室，帷燒導家。弁亦不見。蓋以導慳嗇，負前約而致之也。

校志

一、本文據《太平廣記》卷三二八與商務《舊小說》第五集校錄、予以分段，並加上標點符號。

註釋

❶龍朔中——龍朔是唐高宗年號。

❷江浦——即江濱。

❸泝流而來——逆流而至。

❹厖眉大鼻——眉有黑白二色，曰厖眉。

❺相貺——貺、音況，賜也。相貺：相賜。

❻蕩無子遺——蕩、毀壞。子遺：獨存。蕩無子遺：一無存在了。

❼慳鄙——吝嗇卑鄙。

❽掀然火起——掀：舉。掀然火起：火向上燒起來了。

三十八、蕭穎士

蘭陵蕭穎士❶。為楊州功曹❷。秩滿南遊。行侶共濟瓜洲。舟中有二少年，熟視穎士。相顧曰：「此人甚有肖於鄱陽忠烈王也。」穎士是鄱陽曾孫，即自款陳❸。二子曰：「吾識爾祖久矣。」穎士以廣衆中，未敢詢訪。俟及岸，方將啓請，而二子忽遽負擔而去。穎士必謂非仙則神。虔心嚮矚❹而已。

明年，穎士北歸，止於盱眙邑長❺之署。方與邑長下簾晝坐，自門遽白云：「某吏於某處，擒獲發冢盜，共五六人。」登令召入，皆反接其手。束縛甚固。旅之於庭❻。而穎士懸認江中二少年。亦縲紲❼於內。穎士驚曰：「斯二子非仙則神。」因具述曩事。

邑長即令先窮二子，須臾款服。佐驗明著。皆云：「我之發邱墓，今有年矣。」穎士即以前說再令詢之。皆曰：「我嘗開鄱陽王冢，大獲金玉。當門有貴人，顏色如生，年方五十，髭鬢斑白，僵臥於石塌。姿狀正與穎士相類。無少差異。我舟中遇子，又知蕭氏，固是鄱陽胤❽也，因此豈言。我豈有他術哉！」

用弱嘗聞人之紹續❾其或三五世，則必一人有肖其祖先之形狀者。斯豈驗歟。

校志

一、本文據《太平廣記》卷三三二、世界《集異記》與商務《舊小說》第五集校錄、予以分段，並加上標點符號。

註釋

❶蘭陵蕭穎士——字茂挺，梁代鄱陽王蕭恢七世孫。

❷楊州功曹——揚州府功曹參軍。

❸款陳——款款而談。款陳，有從容陳說之意。

❹虔心嚮矚——虔誠的以嚮往的目光看。

❺盱眙邑長——盱眙原為山名，在盱眙縣東。古地方之稱，大曰都，小曰邑。現稱縣為邑。邑長，當係縣長。

❻旅之於庭——帶到庭中。
❼縲紲——縲：繫犯人之黑索。紲、繩索。二人也被綁在其中。
❽胤——後代。
❾人之紹續——人之後代子孫。《國語・晉語》：「使寡君之紹續昆裔。」

三十九、裴通遠家女

憲宗遷葬於景陵，都城人士畢至。

時有前集州司馬❶裴通遠，家在崇賢里，妻女輩亦以車輿縱觀於通化門。及歸，日勢已晚。車馳馬驟至平康北街後，乃有白頭嫗，徒步奔走，隨車而來。氣力殆盡。至天門街，夜鼓將動，車馬轉速，嫗亦忙遽而行。

車中有老青衣，從四小女，其中有哀其奔迫者。則問其所居。對曰：「崇賢。」即謂曰：「與嫗同里，今亦將歸，若步履不逮，懼犯禁。車中尚可通容，能登車至里門否？」其嫗乃荷媿丁寧❷。因命同載。及至，則珍重辭謝而去。乃於車中遺下小紅錦囊。諸女笑而共開之，中有白羅，製為逝者覆面之物四焉❸諸女驚駭，登棄於路。自是不旬日，四女相次而卒。

校志

一、本文據《太平廣記》卷三百四十五、商務《舊小說》第五集與世界《集異記》校錄，予以分段，並加注標點符號。

二、《廣記》與世界本《集異記》標題都是〈裴通遠〉，商務本作〈裴通遠家女〉。本故事所述者有關裴女四輩，與通遠本人無關，故我們採用世界本「標題」。

註釋

❶集州司馬——司馬是最低的文散官將仕郎，從九品。

❷荷媿丁寧——羞愧。「丁寧」本是「再三囑咐」之意。此處似乎是「不便推辭，再三感謝，負愧而上車。」

❸逝者覆面之物——人死了，把白稠絲布蓋在死者面上。老嫗所遺，正是此物。

四十、鄔濤

鄔濤者，汝南人。精習墳典❶，好道術。旅泊婺州義烏縣館❷。月餘，忽有一女子侍二婢夜至。一婢進曰：「此王氏小娘子也，今夕顧降於君。」濤視之，乃絕色也。謂是豪貴之女，不敢答。王氏笑曰：「秀才不以酒色干懷❸，妾何以奉託？」濤乃起拜曰：「凡陋之士，非敢是望。」王氏令侍婢施服翫於濤寢室，炳以銀燭❹，又備酒食。飲數巡，王氏起謂濤曰：「妾少孤無託，今願事君子枕席，將為可乎？」濤遜辭而許，恩意款洽。而王氏曉去夕至。如此數月。

濤所知道士楊景霄，至館訪之，見濤色有異。曰：「公為鬼魅所惑，宜斷之。不然死矣。」濤聞之驚，以其事具告，景霄曰：「此乃鬼也。乃與符二道，一施衣帶，一置門上，曰：「此鬼來，當有怨恨，慎勿與語。」濤依法受之。

女子是夕至，見符門上，大罵而去，曰：「來日速除之，不然生禍。」濤明日訪景霄具言之，景霄曰：「今夜再來，可以吾咒水❺洒之。此必絕矣。」濤持水歸，至夜，女子寖至，悲恚之甚❻。濤乃以景霄咒水洒之，於是遂絕。

校志

一、本文據《太平廣記》卷三四七與商務《舊小說》第五集校錄，予以分段，並加注標點符號。

註釋

❶精習墳典——《三墳》《五典》為古書名。精習墳典，是說鄔濤頗精於古書。今所傳《三墳》，題晉阮咸注，實為依託。

❷旅泊婺州義烏縣館——婺州，今浙江省金華縣。鄔濤旅居婺州的義烏縣館。

❸秀才不以酒色干懷——秀才不重酒色。

❹炳以銀燭——炳燭，即秉燭。秉燭夜遊，點了蠟燭夜遊。

❺咒水——對神宣誓時，所飲供神之水。以符術治病之水。

❻悲恚之甚——恚、音會，怒也。悲恚：極為悲憤恚怒。

四十一、李佐文

南陽臨湍縣北界❶，秘書郎❷袁測、襄陽掾❸王汧皆立別業。大和六年❹，客有李佐文者，旅食二莊。佐文琴碁之流❺，頗為袁、王之所愛。佐文一日向暮，將止袁莊。僕夫抱琴前去。不一二里，陰風驟起。寒埃昏晦，俄而夜黑。劣乘獨行，迷誤甚遠。約三更，晦稍息。數里之外，遙見火燭。佐文向明而至。至則野中迴室，卑狹頗甚❻。中有田叟，織芒屨❼。佐文遜辭請託❽。久之，方延入戶。

叟云：「此多豺狼，客馬不宜遠縶❾。」佐文因移簷下。迫火而憩。

叟曰：「客本何詣而來此❿？」佐文告之。

叟哂曰：「此去袁莊，乖於極矣⓫。然必俟曉，方可南歸。」而叟之坐後，繐蕭❷障下，時聞稚兒啼號甚痛。每發聲，叟即曰：「兒可止。事已如此，悲哭奈何？」俄則復啼。叟輒以前語解之。佐文不諭，從而詰之⓭。叟則低回他說⓮。

佐文因曰：「孩幼苦寒，何不攜之近火？」如此數四。叟則攜致就爐。乃八九歲村女子耳。見客初無羞駭。但以物畫灰，若抱沈恨。忽而怨咽驚號。叟則又以前語解之。佐文問之，終不得其情。

須臾平曉。叟即遙指東南喬木⑮曰：「彼袁莊也，去此十里遠近。」佐文上馬四顧，乃窮荒大野，曾無人跡。獨田叟一室耳。行三數里，逢村婦。攜酒一壺，紙錢副焉。見佐文，曰：「此是巨澤，道無人，客淩晨何自來也？」佐文具白其事。

婦乃附膺長號⑯曰：「孰為人鬼之遇途耶？⑰」

佐文細詢之。其婦曰：「若客云去夜所寄宿之室，則我亡夫之殯閭⑱耳。我傭居袁莊七年矣。前春，夫暴疾而卒。翌日。始齓⑲之女又亡。貧窮無力，父子同瘞焉。守制嫠居⑳，官不免稅。孤窮無託，遂意再行。今夕將適他門㉑，故來夫、女之瘞告訣耳㉒。」

佐文則與同注。比至昨暮之室，乃殯宮也㉓，歷歷蹤由，分明可復㉔。婦乃號慟，淚如綆縻㉕。因棄生業，剪髮於臨淄佛寺，没力誓死焉。開成四年，客有見者。

校志

一、本文據《太平廣記》卷三四七校錄，予以分段，並加注標點符號。

註釋

❶南陽臨湍縣北界——南陽在今之河南省。
❷秘書郎——屬秘書監之小官。
❸襄陽掾——掾、縣令的屬官。
❹大和六年——大和、唐文宗年號，共九年。當西元八二七至八三五。六年當西元八三二年。
❺佐文琴碁之流——佐文能彈琴，能下碁（圍棋）。
❻野中迴室，卑狹頗甚——野外的一間小房子，卑微狹小。
❼織芒履——芒，禾本科植物。芒履、草鞋。
❽遜辭請託——用很謙遜的語言懇託。
❾縶——繫馬索。

❿何詣而來此——去什麼地方而經此地。

⓫此去袁莊，乖於極矣——這去袁莊，錯太過了！

⓬繶蕭——繶簾。

⓭佐文不諭，從而詰之——佐文不解，，因而詰問。

⓮低回他說——「低回」本是徘徊、紆曲之意。此地是說：「王顧左右而言他。」意即推諉。

⓯喬木——高樹。兩三丈以上的樹。

⓰附膺長號——捶胸大哭。

⓱孰為人鬼之遇途耶？——誰讓人鬼相遇呢？

⓲殯閭——埋葬棺材的地方。

⓳始齔——剛開始換乳齒。

⓴守制嫠居——守丈夫的孝、寡居。

㉑遂意再行。今夕將適他門——遂決意再嫁。今天晚上就要去別家了。（嫁過去了。）

㉒來夫、女之瘞告訣耳——到丈夫和女兒的墳前訣別。

㉓殯宮——殯葬之處。

㉔歷歷蹤由，分明可復——（佐文所）經過的事，歷歷在目，全能復驗。

㉕淚如綆縻——綆是汲井水用的繩索。縻是繫牛的韁繩。眼淚好像繩索一樣不斷的流下。

四十二、裴珙

裴孝廉珙❶者，家在洛京。仲夏，自鄭西歸，及端午以覲親焉。下駟蹇劣❷，日勢已晚。方至石橋。

忽有少年，騎從鷹犬甚衆。顧珙笑曰：「明旦節日，今當早歸，何遲遲也？」乃以後乘借之。珙甚喜。謂二童曰：「爾可緩驅，投宿于白馬寺西表兄竇溫之墅。明日遲歸可也。因上馬疾驅。

俄頃，至上東門，歸其馬，珍重而別。乘馬車馳去極速。

珙居水南，日已半規❸，促步而進。及家，暝矣。入門，方見其親與珙之弟妹，張燈會食。珙乃前拜。曾莫顧瞻❹。因俯階高語曰：「珙自外至。」即又不聞。珙即大呼弟妹之名字，亦無應者。笑言自若。珙心神忿惑❺，因又極叫，皆亦不知。但見其親顧謂卑小曰：「珙在何處，那今日不至耶？」遂涕下。而坐者皆泣。珙私怪曰：「吾豈為異物耶？因何其幽顯之隔如此哉？」

因出至通衢，排徊久之。

有貴人導從甚盛，遙見珙，即以鞭指之曰：「彼乃生者之魂也。」俄有佩櫜鞬者❻。出於道左，曰：「地界啓事，裴珙孝廉，命未合終。遇昆明池神七郎子案鷹迴❼，借馬送歸，以為戲耳。今當領赴本身。」

貴人微哂曰：「小兒無理，將人命為戲！明日與尊父書，令笞之。」

於是櫜鞬者招珙復出上東門，度門隙中，至竇莊。方見其形僵仆，二童環泣呦呦焉。櫜鞬者令其閉目，自後推之，省然而蘇。其二僮皆曰：「向者行至石橋，察郎君疾作，語言大異。懼其將甚，因投於此。既至，則已絕矣。」珙驚歎久之。少頃無恙。及歸，乃以其事陳於家。余於上都自見竇溫，細話其事。

校志

一、本文據《太平廣記》卷三百五十八、和商務《舊小說》第五集〈集異志〉校錄。

二、商務本自「方至石橋」至「至上東門」，中有一二六字「於是驅馬徒行。情顧甚速。續有乘馬而牽一馬者。步驟極駿。顧珙有仁色。珙因謂曰：『子非投夕入都哉？』曰：『然。』

珙曰：『珙有懇誠，將丐餘力於君子。子其聽乎？』即以誠告之。乘馬者曰：『但及都門而下，則不違也。』珙許約，因顧謂己之二僮曰：『爾可緩驅疲乘，投宿於白馬寺西吾之表兄竇溫之墅。來辰徐歸。』因上馬揮鞭而鶩。俄頃至上東門。」本文依廣記文字與此不同。

註釋

❶孝廉斐珙——漢朝武帝元光元年冬十一月首次令郡國舉孝廉。
❷下駟蹇劣——所騎的馬是下等，蹇是跛。劣是壞。
❸日已半規——日已下山一半了，只剩下半圓。
❹曾莫瞻顧——沒有人看他一眼。
❺心神忿惑——心中忿怒，神魂困惑。
❻佩櫜鞬者——背有裝弓和裝箭的袋子。
❼昆明池神七郎子案贗迴——昆明池神七郎的兒子回。（此句費解，案贗究是名字？還有別解？）

四十三、金友章

金友章者，河內人。隱於蒲州中條山凡五載。山有女子，日常挈缾而汲溪水❶。容貌殊麗。友章於齋中遙見，心甚悅之。

一日，女子復汲，友章躡屣企戶而調之❷曰：「誰家麗人，頻此汲耶？」女子笑曰：「澗下流泉，本無常主。須則取之，豈有定限！先不相知，一何造次❸。然兒止居近里❹，少小孤遺。今且託身於姨舍。艱危受盡，無以自適。」友章曰：「娘子既未適人，友章方謀婚媾。既偶夙心，無宜遐棄。未委如何耳❺？」女曰：「君子既不以貌陋見鄙，妾焉敢拒違？然候夜而赴佳命。」言訖，女子汲水而去。

是夕果至。友章迎之入室，夫婦之道，久而益敬。友章每夜讀書，常至宵分。妻常坐伴之。如此半年矣。

一夕，友章如常執卷，而妻不坐，但佇立侍坐。友章詰之，以他事告。友章乃令妻就寢。妻曰：「君今夜歸房，慎勿執燭，妾之幸也。」既而友章秉燭就榻，即於被下，見其妻乃一枯骨耳。友章惋歎良久，復以被覆之，須臾乃復本形。因大悸怖❻而謂友章曰：「妾非人也，乃山南枯骨之精，居此山北。有恒明王者，鬼之首也。常每月一朝。妾自事金郎半年，都不至彼。向為鬼使所錄，搒妾鐵杖百❼。妾受此楚毒❽，不勝其苦，向以化身未得，豈意金郎視之也。事已彰矣，君宜速出，更不留戀。蓋此山中。凡物總有精魅附之，恐損金郎。」言訖，涕泣嗚咽，因爾不見。友章亦悽恨而去。

校志

一、本文據《太平廣記》卷三六四與商務《舊小說》第五集校錄，予以分段，並加添標點符號。

註釋

❶挈缾而汲溪水——提釜取水。

❷躡屣企戶而調之——穿著鞋子站在門口調戲她。

❸先不相知，一何造次——從不認識，如何魯莽！

❹然兒止居近里——古代婦女，多自稱「兒」。我便居止在附近。

❺既偶夙心，無宜遐棄。未委如何耳——既然合乎素來的心願，不要遠棄我，不知如何？

❻大悸怖——大大的恐慌。

❼搒妾鐵杖百——打了我一百鐵棍。

❽受此楚毒——楚、鞭打。受到如此鞭打之苦。

四十四、于凝

岐人❶于凝者，性嗜酒，常往來邠涇間❷。故人宰宜祿❸，因訪飲酒，涉旬乃返❹。既而宿醒未愈❺，令童僕先路，以備休憩。

時孟夏，麥野韶潤❻，緩轡而行。遙見道左嘉木美蔭，因就焉。至則繫馬藉草❼。

坐未定，忽見馬首南顧，鼻息恐駭❽。若有睹焉。凝則隨向觀之：百步外，有枯骨如雪，箕踞於荒塚之上❾。五體百骸，無有不具。眼鼻皆通明。背肋玲瓏，枝節可數❿。

凝即跨馬稍前。枯骨乃開口吹噓。槁葉輕塵，紛然自出⓫。上有烏鳶紛飛，嘲噪甚衆⓬。凝良久稍逼，枯骨乃竦然挺立⓭。骨節絕偉。凝心悸，馬亦驚走。遂馳赴旅舍。而先路童僕出迎。相顧駭曰：「郎君神思，一何慘悴⓮？」凝即說之。

適有涇倅十餘，各執長短兵援蕃，覘以東⓯。皆曰：「豈有是哉？」洎逆旅少年輩⓰，集聚極衆。凝之為之導前，仍與衆約曰：「儻或尚在，當共碎之。雖然，恐不得見矣。」

俄至其處。而端坐如故。或則叫噪，曾不動搖。或則彎弓發矢，又無中者。或欲環之前進，則亦相顧莫能先焉⑰。

久之。枯骸欻然自起⑱，徐徐南去。日勢已晚衆各恐懼，稍稍逡散，凝亦鞭馬而迴。遠望，尚見烏鵲翔集，逐去不散。自後，凝屢經其地，及詢左近居人，乃無復見者。

校志

一、本文據《太平廣記》卷三六四校錄，予以分段，並加注標點符號。

註釋

❶岐人——岐：在陝西。

❷往來邠涇間——邠縣、涇陽、俱在陝西省。

❸宰宜祿——為宜祿縣宰。

❹涉旬乃返——經旬才回家。

❺宿醒未愈——應該是宿醉未癒。宿酲未愈。
❻麥野韶潤——韶：美也。麥田既美又光潤。
❼繫馬藉草——繫馬於樹，藉草而息。
❽馬首南顧，鼻息恐駭——馬頭向南看，氣息粗重，有驚駭之色。
❾箕踞於荒塚之上——踞：坐。箕坐：坐而其形如箕曰箕坐。
❿背肋玲瓏，枝節可數——因為透明，肋骨一根根都可分得出來。
⓫槁葉輕塵，紛然自出——其物用口吹，噓氣，枯樹葉和灰塵便紛紛然飛起。
⓬上有烏鳶紛飛，嘲噪甚眾——嘲哳、都是鳥音。有鳥類紛飛，鳴聲甚多。
⓭竦然挺立——很嚴肅的站起來。挺立：直挺挺的站著。
⓮郎君神思，一何慘悴——郎君怎麼一臉驚慌的神情？
⓯涇倅十餘，各執長短兵援蕃，覘以東——涇縣兵卒十餘人，拿了長短兵器，向東窺視。
⓰洎逆旅少年輩——及旅邸的一夥少年人。
⓱或欲環之前進，則亦相顧莫能先焉——要結陣前進，而彼此相視，沒人敢領先。
⓲欻然自起——忽然自己站起來。

四十五、宮山僧

宮山在沂州之西鄙❶。孤拔聳峭，迴出衆峰❷。環三十里，皆無人居❸。貞元初❹，有二僧至山，蔭木而居。精勤禮念。以晝繼夜。四遠村落。為構屋室。不旬日，院宇立焉。二僧尤如懿勵❺。誓不出房。二十餘載。

元和中❻。冬夜月明。二僧各在東西廊。朗聲唄唱❼。空中虛靜。時聞山下有男子慟哭之聲。稍近，須臾則及院門。二僧不動。哭聲亦止。踰垣遂入。東廊僧遙見其身絕大。躍入西廊。而唄唱之聲尋輟。如聞相擊撲爭力之狀。久又聞咀嚼啖噬。啜吒甚勵❽。東廊僧惶駭突走。久不出山。都忘途路。或仆或蹶。氣力殆盡❾。迴望。見其人踉蹌將至❿。則又跳迸。忽逢一水。兼衣涇渡畢⓫。而追者適至。遙詬曰⓬：「不阻水。當併食之。」東廊僧且懼且行。罔知所詣。俄而大雪。咫尺昏迷。忽得人家牛坊。遂隱身於其中。

夜久。雪勢稍晴。忽見一黑衣人。自外執刀鎗。涂至欄下。東廊僧省息屛氣。向明潛窺。黑衣踟躕徙倚⑬。如有所伺。有頃。忽院牆中般過兩囊衣物之類。黑衣取之。束縛負擔。續有一女子。攀牆而出。黑衣挈之而去。

僧懼涉蹤跡。則又逃竄。恍惚莫知所之。不十數里。忽墜廢井。井中有死者。身首已離。血體猶暖。蓋適遭殺者也。僧驚悸。不知所為。俄而天明。視之。則昨夜攀牆女子也。

久之，即有捕逐者數輩偕至，下窺曰：「盜在此矣。」遂以索縋人。就井縶縛，加以毆繫。與死為鄰。及引上。則以昨夜之事本末陳述。而村人有曾至山中，識為東廊僧者。然且與死女子俱得，未能自解。乃送之於邑⑭。又細列其由。謂西廊僧已為異物啖噬矣，邑遣吏至山中尋驗，西廊僧端居無恙。曰：「初無物，但將二更，方對持念，東廊僧忽然獨去。久與誓約，不出院門。驚異之際，追呼已不及矣。山下之事，我則不知。」

邑吏遂以東廊僧誑妄，孰為殺人之盜。榜掠薰灼，楚痛備施⑮。僧冤痛誣，甘實于死⑯。贓狀無據，法吏終無以成其獄⑰也。逾月，而殺女竊資之盜，他處發敗，具得情實。僧乃冤免。

校志

一、本文據《太平廣記》卷三六五校錄，予以分段，並加注標點符號。

註釋

❶沂州——今山東沂水縣左近之地。西鄙：西郊。

❷孤拔聳峭，迥出眾峰——拔：挺拔。聳：高聳。峭：高。急。迥：遠。迥拔：高遠挺拔，超出眾山峰。

❸環三十里，皆無人居——周圍三十里，都無人住。

❹貞元初——貞元，唐德宗年號。共二十年，自西元七八五至八〇四年。

❺二僧尤如愨勵——愨：誠實。謹愿。愨勵，誠謹。

❻元和中——元和、唐憲宗年號。共十五年。當西元八〇六年至八二〇年。

❼朗聲唄唱——朗聲：高聲。唄、梵語「唄匿」之略。梵音之歌詠。二僧高聲唱經。

❽如聞相擊撲爭力之狀。久又聞咀嚼啖嗑。啜吒甚勵——先聽到撲打的聲音，接著又聽到啃嚼的聲音。似乎有人被殺，遭到對方啃、咬、咀嚼。啜、嚐。吒、噴。

❾或仆或蹶，氣力殆盡——有時仆倒，有時顛蹶，氣力幾乎用盡了。

❿其人踉蹌將至——踉蹌，走得歪東倒西。步履不穩的樣子。

⓫兼衣徑渡畢——穿著衣服逕渡過水，之後。

⓬遙詬曰——遠遠的怒罵說。

⓭黑衣踟躕徙倚——踟躕、來往走著。徙倚：低佪。

⓮乃送之於邑——送到官衙。邑、縣。

⓯榜掠薰灼，楚痛備施——榜：笞。鞭打。掠：捶擊。僧人被鞭打、煙薰火灼，痛楚備嚐。

⓰僧寃痛誣，甘寘於死——和尚受寃枉，遭誣罔，安心置於死。

⓱贓狀無據，法吏終無以成其獄——法吏找不到贓物，終究無法作成刑案。獄：刑案。

四十六、劉玄

宋中山劉玄居越城❶。……忽見一烏袴褶來取火❷，面首無七孔。乃請師筮之❸。

師曰：「此是家先代時物。久則為魅，殺人。及其未有眼目，可早除之。」

劉因執縛，刀斷數下，乃變為一枕。此乃是祖父時枕也。

校志

一、本文據《太平廣記》卷三六八校錄，並加注標點符號。

二、「居越城」後有闕文。

註釋

❶宋中山劉玄居越城——宋：指南朝劉宋。中山：約當今河北中部偏西地。戰國時之中山國，為趙武靈王所滅。漢景帝時又置中山國。越城：約當今廣西省之興安縣。

❷烏袴褶——古戎衣謂之袴褶。烏：黑色。

❸請師筮之——請占卜先生用蓍草來占卜。

四十七、游先朝

廣平游先朝，喪其妻。見一人著赤袴褶❶。乃以刀斫之。良久。乃是己常著履也。

校志

一、本文據《太平廣記》卷三六八校錄，並加注標點符號。

註釋

❶赤袴褶——褶：音習。袴：褲俗字。袴褶：戎衣。

四十八、李楚賓

李楚賓者，楚人也。性剛傲，惟以畋獵為事❶。凡出獵無不大獲。

時童元範家住青山，母嘗染疾，晝常無苦，至夜即發。如是一載。醫藥備至，而絕無瘳減❷。時建中初有善易者朱邯，歸豫章，路經範舍，邯為筮之❸。乃謂元範曰：「君今日未時，可具衫服，於道側伺之。當有執弓挾矢過者。君能求之，斯人必愈君母之疾。且究其原矣。」元範如言。果得楚賓張弓驟馬至。元範拜請過舍，賓曰：「今早未有所獲，君何見留？」元範以其母疾告之。賓許諾。元範備飲膳，遂宿楚賓於西廡。

是夜，月明如晝。楚賓乃出戶。見空中有一大鳥，飛來元範堂舍上，引喙啄屋。即聞堂中叫聲痛楚難忍。楚賓揆之❹曰：「此其妖魅也。」乃引弓射之，兩發皆中。其鳥因爾飛去。堂中哀痛之聲亦止。

至曉，楚賓謂元範曰：「吾昨夜已為子除母害矣❺。」乃與元範遶舍遍索，俱無所見。因至壞屋中碓程古址❻，有箭兩隻。所中箭處，皆有血光。元範遂以火燔之，精怪乃絕。母患自此平復。

校志

一、本文據《太平廣記》卷三六九與商務《舊小說》第五集校錄，予以分段，並加注標點符號。

註釋

❶畋獵——都是打獵。

❷絕無瘳減——瘳、音抽，病癒。減、病減。即病一點也沒有好。

❸邯為筮之——朱邯用筮草為他占卜。

❹楚賓揆之——揆、推測。

❺已為子除母害矣——已為你除去害你母親的東西了。

❻碓程古址——碓、音對，春具。所謂碓，小時家中曾有過：一根長木柱，一端裝了一個石頭杵。木柱和石杵呈L形。無石杵的一端和石杵中間有一木條穿過，架在一個架上。用腳一踏

甲端，乙端的石杵即上升。一放足，石杵即落下，落在一個石臼上。臼中放了穀。一起一落，穀便被脫去殼，成為米了。

四十九、張式

張式幼孤。奉遺命，葬於洛京。

時周士龍識地形，稱郭璞❶青烏之流也。式與同之外野❷，歷覽三日而無獲。時冬寒，室內惟一榻。式則籍地❸，士龍據榻以歇。士龍夜久不寐，式兼衣擁爐而寢❹。欻然驚魘❺曰：「親家。」士龍遽呼之，式不自知，久而復寐。又驚魘曰：「親家。」士龍又呼之，式亦自不知所謂。及曉，又與士龍同行。出村之南，南有土山。士龍駐馬遙望曰：「氣勢殊佳。」則與式步履久之。南有村夫伐木，遠見士龍相地，則荷斧遽至。曰：「官等得非擇葬地乎？此地乃某之親家所有。如何，則某請導致焉。」

士龍謂式曰：「疇昔夜夢再驚❻，皆曰『親家』。豈非神明前定之證與？」遂卜葬焉。而式累世清貴。

校志

一、本文據《太平廣記》卷三百九十校錄，予以分段，並加注標點符號。

註釋

❶郭璞——字景純，晉江東聞喜人。善占卜。最後為王敦所殺。
❷同之外野——同往野外。
❸籍地——打地鋪。
❹兼衣擁爐而寢——穿多衣服，靠近火爐睡。
❺驚魘——魘：俗謂給鬼壓了胸口。
❻疇昔夜夢再驚——疇昔：前日。

五十、徐智通

唐徐智通，楚州❶醫士也。夏夜乘月，於柳堤閒步。忽有二客，笑語於河橋，不虞智通之在陰翳也❷。相謂曰：「明晨何以為樂？」

一曰：「無如南赤巖山弄珠耳❸。」

答曰：「赤巖主人嗜酒。留客必醉。僕來日未後，有事於西海，去恐復為縈滯也❹。不如只於此都龍興寺前，與吾子較技耳。」

曰：「君將何戲？」

曰：「寺前古槐，僅百株。我霆震一聲，剖為纖莖❺，長短粗細，悉如食箸。君何以敵？」

答曰：「寺前素為郡之戲場。每日中，聚觀之徒，通計不下三萬人，我霆震一聲，盡散其髮。每縷仍為七結❻。」

二人因大笑。約諾而去。

智通異之，即告交友六七人。

遲明，先俟之。

是時晴朗。巳午間，忽有二雲，大如車輪，凝於寺上。須臾昏黑，咫尺莫辨。俄而霆震兩聲，人畜頓踣❼。及開霽❽，寺前槐林，劈拆分散❾。布之於地，皆如算子❿。小大洪纖⓫，無不相肖。而寺前負販戲弄觀看人數萬衆，髮悉解散。每縷皆為七結。

校志

一、本文據《太平廣記》卷三九四校錄，並加注標點符號。

註釋

❶楚州——今江蘇淮安。

❷不虞智通之在陰翳也——不虞、沒有警覺。陰翳：陰蔽之地也。沒有警覺到暗處有人。

❸南赤巖山弄珠——赤巖山地方弄珠：弄珠當是一種遊戲，內容不詳。山在何處，亦不明白。

❹縈滯——留住。怕因酒醉、被山主人留住。

❺剖為纖莖——剖開成小條。

❻每縷仍為七結——把頭髮分散，每一組七節。

❼人畜頓踣——人和畜生都突然跌倒。

❽及開霽——雨過天青了，叫霽。

❾劈拆分散——拆：音錫，破木為板。劈拆分散，把槐樹破成片片，分散四處。

❿算子——未詳。

⓫小大洪纖，無不相肖——大小粗細，無不相同。

五十一、裴用

唐大和❶，濮州軍吏裴用者，家富於財。年六十二，病死。既葬十日，霆震其墓。棺飛出百許步。屍柩零落。其家即選他處重瘞焉。仍用大鐵索繫纜其棺。未幾，震如前。複選他處重瘞，不旬日，震複如前。而棺柩灰燼，不可得而收矣。因設靈儀，招魂以葬❷。

校志

一、本文據《太平廣記》卷三九四校錄，並加注標點符號。

註釋

❶唐大和——大和，唐文宗年號。共九年，西元八二七至八三五年。濮州，今山東濮縣。

❷因設靈儀，招魂以葬——設靈堂，備儀式，而後以招魂方式安葬。

五十二、李勉

司徒李勉，開元初，作尉浚義❶。秩滿，沿汴將遊廣陵❷。行及睢陽❸，忽有波斯胡老疾。杖策詣勉曰：「異鄉子抱恙甚殆，思歸江都，知公長者，願托仁蔭。皆異不勞而獲護焉。」

勉哀之，因命登艫❹，仍給饘粥❺。胡人疾懷慚愧。因曰：「我本王貴種也。商販於此，已逾二十年。家有三子。計必有求吾來者。」

不日舟止泗上❻，其人疾亟，因屏人告勉曰：「吾國內頃亡傳國寶珠，募能獲者，世家公相。吾衒其鑒而貪其位❼，因是去鄉而來尋。近已得之，將歸即富貴矣。其珠價當百萬。吾懼懷寶越鄉，因剖而藏焉。感公恩義，敬以相奉。」即抽刀決股，珠出而絕。

勉遂資其衣衾，瘞於淮上。掩坎之際，因密以珠含之而去。

既抵維揚⑦，寓目旗亭⑧。忽與群胡左右依隨。因得言語相接。傍有胡雛，質貌肖逝者。勉即詢訪，果與逝者所敘契會。勉即究問事跡，乃亡胡之子。乃告其瘞所。胡雛號泣，發墓取珠而去。

校志

一、本文據《太平廣記》卷四〇二校錄，予以分段，並加注標點符號。

二、唐人筆記如《唐語林》中有載汧公李勉同樣的故事，茲錄於後，供讀者參考：

> 天寶中，有一書生旅次宋州。時李汧公勉，年少貧苦，與此書生同店。而不旬日，書生疾作，遂至不救。臨絕，語公曰：「某家住洪州，將於北都求官，於此得疾且死，其命也。」因出囊金百兩，遺公曰：「某之僕使無知。有此，足下為我畢死事，餘金奉之。」李公許為辦事，及禮畢，置金於墓中，而同葬焉。後數年，公尉開封。書生兄弟齎洪州牒來，累路尋生行止。至宋州，知李為主喪事。專詣開封，請金之所在。公請假至墓所，出金以付焉。

註釋

❶司徒李勉，開元初，作尉浚義——李勉字玄卿，鄭惠王元懿的曾孫，性好學，內沈雄，外清整。開元為唐玄宗年號，始任浚儀尉，浚儀即開封。德宗時為相，二年，以太子太師罷。《新唐書》卷一百三十一本傳中也載有相似的故事。

❷秩滿，沿汴將遊廣陵——任滿，沿著汴水將遊廣陵，即今之江都（揚州）。

❸睢陽——今河南商丘。

❹艫——船首。

❺饘粥——厚曰饘，稀曰粥。都是粥。

❻泗上——泗水之濱。孔子葬於泗上。地在山東。

❼吾衒其鑒而貪其位——自媒求進曰衒。我頗以為有鑒識，又貪公相之位。

❽維揚——即揚州。

❾寓目旗亭——在市場中張眼四顧。寓目：屬目。

附錄

勉少貧狹、客梁、宋、與諸生共逆旅。諸生疾且死，出白金曰：「左右無知者。幸君以此為我葬。餘則君自取之。」勉許諾。既葬，密置餘金棺下。後其家謁勉，共啟墓出金付之。

（《新唐書》卷一百三十一本傳）

五十三、集翠裘

則天時，南海郡獻集翠裘，珍麗異常。張昌宗侍側，則天因以賜之，遂命披裘供奉雙陸❶。

宰相狄梁公仁傑，時入奏事，則天令昇❷座。因命梁公與昌宗雙陸。梁公拜恩就局。則天曰：「卿二人賭何物？」梁公對曰：「爭先三籌，賭昌宗所衣毛裘。」則天謂曰：「卿以何物為對？」梁公指所衣紫絁袍❸曰：「臣以此敵。」則天笑曰：「卿未知此裘價逾千金，卿之所指，為不等矣。」梁公起曰：「臣此袍乃大臣朝見奏對之衣，昌宗所衣，乃嬖倖寵遇之服。對臣此袍，臣猶怏怏❹。」

則天業已處分，遂依其說。而昌宗心赧神沮❺，氣勢索寞。累局連北。梁公對御就褫其裘❻，拜恩而出。至光範門，遂付家奴衣之，促馬而去。

校志

一、本文據《太平廣記》卷四〇五、商務《舊小說》第五集與世界《集異記》校錄，予以分段，並加注標點符號。

二、狄梁公以宰相的紫絁袍賭六郎張昌宗的集翠裘，賭贏後當武則天面褫其裘，出至光範門，即付家奴衣之。這種氣勢，羨煞一般文人。是以，這一個故事，流傳至廣至久，不但在文人間傳誦，而且寫成戲曲搬演，流傳不衰。

註釋

❶雙陸——古博戲名。《名義考》云：「雙陸古謂之十二棊，又謂之六博。」內容如何，怎樣玩法，似已失傳。

❷則天令舁——舁、音余。抬。舉。則天令抬個座位給狄仁傑。

❸紫絁袍——絁、音施。粗紬。絲織品。唐時宰相為三品官，服紫袍。

❹快快——心不滿足。

❺心赧神沮——赧、本為羞怯而面赤之意，引申為「心怯」。神沮、神氣沮喪。換句話說：昌宗被仁傑的氣勢壓得透不過氣來。不免「氣勢索莫」。索莫、枯寂無生氣。

❻對御就褫其裘——對著皇帝（則天自稱帝）奪去其裘，褫、奪衣。

五十四、嘉陵江巨木

閬州❶城臨嘉陵江。江之滸❷，有烏陽巨木，長百餘尺，圍將半焉❸。漂泊搖撼於江波者久矣，而莫知奚自❹。閬之耆舊相傳云：「堯時汎洪水而至。」亦靡據焉❺。褒漢節度使渤海高元裕❻，大和九年，自中書舍人牧閬中❼。下車未幾❽，亦嘗見之，固以為異矣。忽一日津吏啓事曰：「江中巨木，由來東首，去夜無端翻然西顧。」高益奇之。即與賓寮遝注觀焉。因廣召舟子洎軍吏群民輩，則以大索羈而出之❾。初無艱阻，隨拖登岸大半之後，屹而不前❿，雖千夫百牛，莫能引之。人力既竭，復如前時。自是日曝風吹，儼然沙上。或則寺僧欲以為窣堵波之獨柱⓫，或則州吏請支分剞劂⓬。以備衆材。高以奇偉異常，皆莫之許。每擬還之於江，但慮勞人，逡巡未果⓭。

開成三年上元日⓮，高准式行香於開元觀。寮吏畢至。高欲因衆力，得共牽復其木焉。及至，則又廣備縻索⓯，多聚勇力，將作氣引拽⓰之際，而巨木因依假藉，看自轉移，輕然已復於江矣。距江尚餘尺許，欻然驚迸⓱。百支巨索，皆如斬截。其木則沿洄汩沒⑱，逕去絕江上。及中流，寂然遂隱。高遣善泅者數輩，遽往觀之。江水清澈，毫髮可見。善遊者熟視而迴。皆曰水中別有東西二木，巨細與斯木無異。適自岸而至者，則南北叢焉⑲。高顧坐客，靡不駭愕，自是則不復得而見矣。

有頃，高除諫議大夫⑳。制到，詳其授官之日，即高沒功之辰㉑也！向使斯旬朔未獲移徙，高之新命既至，則那復留意乎轉遷，俾之仍舊。

校志

一、本文據《太平廣記》卷四〇五與商務《舊小說》第五集校錄，予以分段，並加注標點符號。

註釋

❶閬州——今四川閬中縣。

❷江之滸——滸、水涯也。即江畔。

❸圍將半焉——圍，或謂八尺為一圍。或謂徑尺為圍。眾說分歧。圍將半焉，大約半圍。既係

巨木，一圍應該是相當大。

❹漂泊搖撼於江波者久矣，而莫知奚自——在江波中漂泊搖撼了很久很久，卻不知從何處來。

❺耆舊相傳云：「堯時汎洪水而至。」亦靡據焉——故老傳說此一巨木是堯時洪水氾濫而來，也沒有證據。

❻渤海高元裕——唐時重門第，除崔、盧、李、鄭、王五大姓外，像清河張氏、渤海高氏，等，也屬於高門，較五姓略低。渤海高氏，也是著姓。

❼大和九年，自中書舍人牧閬中——太和係唐文宗年號。九年，約當西元八三五年。中書舍人是非常清要的官，派來為閬中的長官。牧閬州，即係為閬州的州牧。

❽下車未幾——到任不久。

❾以大索羈而出之——用大繩索綁住巨木想拖上岸。

❿屹而不前——屹立不能再往岸上拖進一步。

⓫寺僧欲以為窣堵波之獨柱——窣堵波：浮屠。塔。

⓬支分剞劂——剞、曲刀。劂、曲鑿。刻鏤用的工具。其後謂鐫版叫剞劂。

⓭逡巡未果——想把巨木再拉回江中，又怕勞動群眾，因之徬徨沒結果。沒作決定。

⓮開成三年上元日——文宗年號。三年，約當西元八三八年。上元日，即正月十五。元宵節。

⓯廣備縻索——預備了很多的牛繮、大繩索。

⑯引拽——拽、拖。

⑰欻然驚迸——突然迸裂。

⑱沿洄汩沒——順水行曰沿。逆流而上曰洄。巨木順流、逆流，沈浮江中。

⑲南北叢焉——似乎是說：水中另有二巨木，東西向。此木入水之後，則是南北向。

⑳高除諫議大夫——高元裕受命為諫議大夫，制到。制即制授。任官狀。

㉑詳其授官之日，即高役功之辰——詳細研究他授官的日期，正是高元裕差役人工移巨木之日。

五十五、光化寺客

兗州徂徠山寺，曰光化。客有習儒業者，堅志棲焉❶。夏日涼天，因閱壁畫於廊序，忽逢白衣美女，年十五六，恣貌絕異。

客詢其來，笑而應曰：「家在山前。」客心知山前無是子，亦未疑妖，但心以殊尤，貪其觀視❷。且挑且悅。因誘致於室❸。交歡結義。情款甚密。

白衣曰：「幸不以村野見鄙，誓當永奉恩顧❹。然今晚須去，復來則可以不別矣。」客因留連，百端遍盡，而終不可❺。素寶白玉指環，因以遺之。曰：「幸視此，可以速還。」因送行。白衣曰：「恐家人接迎，願且回去。」客即上寺門樓，隱身目送。

白衣行，計百步許，奄然不見❻。客乃識其滅處，逕尋究。寺前舒平數里，纖木細草，毫髮無隱。履歷詳熟，曾無蹤跡❼。暮將回，草中見百合苗一枝，白花絕偉，客因斸之❽。根本如拱，瑰異不類常者❾。及歸，乃啓其重柎❿。百疊既盡，白玉指環，宛在其內。乃驚歎悔恨。恍惚成病。一旬而斃。

校志

一、本文據《太平廣記》卷四一七與商務《舊小說》第五集校錄，予以分段，並加注標點符號。

註釋

❶客有習儒業者，堅志棲焉——有一位讀書人，堅決棲止寺中。按：唐時多有借山寺棲止苦讀的士子。

❷心以殊尤，貪其觀視——心中覺得女郎出眾尤物，貪看不已。

❸且挑且悅。因誘致於室——一邊挑逗，一面奉諛，終於把女郎引誘到房中。

❹不以村野見鄙，誓當永奉恩顧——郎君不因我山村野人而鄙視我，發誓要永遠奉侍您以報恩顧之情。

❺客因留連，百端遍盡，而終不可——客使盡種種辦法要把女郎留住，終未成功。

❻奄然不見——倏然不見。很快便不見了。

❼履歷詳熟，曾無蹤跡——走遍了各處，毫無蹤跡。
❽斸之——斫。音ㄓㄨˇ。
❾瑰異——珍異。
❿啟其重柎——柎、花之萼房也。打開花萼。

五十六、劉禹錫

唐連州刺史劉禹錫❶，貞元中，寓居滎澤❷。首夏❸獨坐林亭，忽然間大雨，天地昏黑。久方開霽。獨亭中杏樹，雲氣不散。禹錫就視樹下，有一物形如龜鱉❹，腥穢頗甚。大五斗瓮❺。禹錫因以瓦礫投之。其物即緩緩登階，止於簷柱。禹錫乃退立於床下。支策以觀之❻。其物仰視柱杪，款以前趾，抉去半柱❼。因大震一聲，屋瓦飛紛落下。亭內東壁，上下罅裂丈許❽。先生亭東紫花苜蓿數畝，禹錫時於裂處，分明遙見。雷既收聲，其物亦失。而東壁之裂，亦已自吻合矣。禹錫亟視之，苜蓿如故。壁曾無動處。

校志

一、本文據《太平廣記》卷四二二校錄，並加注標點符號。

註釋

❶連州刺史劉禹錫——「前度劉郎」劉禹錫字夢得。黨王叔文。「馮藉其勢，多中傷士。」（《新唐書》語）叔文敗，禹錫貶連州刺使。（後來，他調回朝中，因「玄都觀看花君子」詩，譏忿怨望，憲宗皇帝要貶他到播州，今貴州遵義，御史中丞裴度說：「劉母八十餘，播州太遠，不能往，當與子死訣。請稍內遷。」憲宗最後同意改連州。今廣東陽山縣。第二度到連州。）

❷滎澤——河南鄭州。貞元、德宗年號。其時，禹錫尚未為州刺使。

❸首夏——孟夏，陰曆四月。

❹形如龜鱉——有一點像甲魚。

❺大五斗釜——大如容五斗的鍋子。

❻支策以觀之——策原為馬箠。有時是枝條。支策，靠在手杖上。

❼款以前趾，抉去半柱——款：款俗字。叩也。抉：挑而出之。

❽罅裂丈許——罅：裂開。

五十七、韋宥

唐元和中，故都尉韋宥出牧溫州❶，忽忽不樂。江波修永，舟船燠熱❷。一日晚涼，乃跨馬登岸，依舟而行。忽淺沙亂流，蘆葦青翠，因縱轡飲馬。而蘆枝有拂鞍者，宥因閑援熟視❸。忽見新絲箏弦，周纏蘆心❹。宥即收蘆伸弦，其長倍尋。試縱之，應手復結❺。宥奇駭，因寘於懷❻。行次江館。其家室皆已維舟入亭❼矣。宥故駙馬也。家有妓。即付箏妓曰：「我於蘆心得之，頗甚新緊。然沙洲江激，是物何自而來❽？吾甚異之。試施於器，以聽其音。」

妓將安之，更無少異。唯短三二寸耳。方饌❾，妓即置之。隨置復結，食罷視之，則已蜿蜒搖動。妓驚告眾。競來觀之。而雙眸瞭然矣❿。

宥駭曰：「得非龍乎？」命衣冠，焚香致敬。盛諸盂水之內，投之於江。纔及中流，風浪皆作。蒸雲走雷⓫，咫尺昏晦。俄有白龍百尺，拏攫昇天⓬。眾咸觀之，良久乃滅。

校志

本文據《太平廣記》卷四二二校錄，予以分段，並加注標點符號。

註釋

❶唐元和中，故都尉韋宥出牧溫州——元和是唐憲宗年號。故、前。不是「已故」。都尉：駙馬都尉。尚公主者多受封為駙馬都尉。出牧溫州，由京官出任溫州的州牧。溫州，今浙江地方之一縣。

❷江波修永，舟船燠熱——江波不斷，船中悶熱。

❸閑援熟視——援：取也。韋宥把拂鞍的蘆枝拿過來看。

❹忽見新絲箏弦，周纏蘆心——忽然看見有新的古箏上用的絲弦，纏繞在蘆枝心上。

❺宥即收蘆伸弦，其長倍尋。試縱之，應手復結——韋宥試著把弦解開，長度約略增加了一倍。一放手，絲弦又纏回去了。

❻宥奇駭，因寘於懷——韋宥大為驚奇，因此把箏弦放（寘）入懷中。

❼行次江館。其家室皆已維舟入亭——次：達。到。走到行館，家人已繫好了船，到驛亭中休息了。

❽沙洲江徼，是物何自而來——徼：界。柵欄。在沙洲邊緣，這箏弦從何而來呢？

❾方饌——剛要吃飯。（箏妓）便把弦放一邊。

❿蜿蜒搖動，雙眸瞭然——居然絲弦會扭動，而且看到了兩個眼睛。

⓫蒸雲走雷——雲像蒸氣般升起。雷聲也轟轟響了。

⓬拏攫昇天——俗說「拏雲攫石」，用以形容姿態夭嬌。

五十八、裴越客

唐乾元❶初，吏部尚書張鎬，貶辰州司戶❷。

先是鎬之在京，以次女德容，與僕射裴冕第三子，前藍田尉越客結婚。為已剋迎日，而鎬左遷❸。遂改期來歲之春季。

其年，越客則速裝南邁，以畢嘉禮❹。春仲拒辰百里❺，鎬知其將至矣，張斥在遠方，抱憂惕❻，深嘉越客遵約而至，因命家族宴於花園，而德容亦隨姑姨妹遊焉。

山郡蕭條，竹樹交密，日暮，眾將歸。或後或先，紛紜笑語。忽有猛虎出自竹間。遂擒德容，跳入翳薈❼。眾皆驚駭。奔告張。夜色已昏，計力俱盡❽，舉家號哭，莫知所為。及曉，則大發人徒求骸骨❾於山野間。週迴遠近，曾無蹤跡。由是夕之前夜，越客行舟，去郡三二十里，尚未知其妻之為虎暴。乃召僕夫十數輩，登岸涂行，而船亦隨焉。不二三里遇水次板屋❿，屋內有榻，因掃拂即之憩焉⓫。僕從羅列於前後。俄聞有物來自林木之間。眾乃靜伺，微月之下，忽見猛虎負一物至。眾皆惶懼，則共闘喝之⑫。仍大擊板屋幷物，其虎涂行，尋俯於板屋側，留下所負物，遂入山間。共窺看，云：「是人。尚有餘喘。」越客即令舁之登舟⑬，因促使解纜，然後船中列燭熟視。乃是十六七美女也。容貌衣服，固非村間之所有。越客深異之。則遣群婢看護之。雖髻被散，衣破服裂，而身膚無少損。群婢漸以湯飲灌之，即能微微入口。久之，神氣安集。俄復開目。與之言語，莫肯應。

夜久，即有自郡至者，皆云，張尚書次女，昨夜遊園，為暴虎所食。至今求其殘骸未獲。聞者遂以告之於越客。即遣群婢具以此詢德容，因號啼不止。越客既登岸，遂以其事列於鎬。鎬凌晨躍馬而至，既悲且喜，遂與同歸。而婚媾果諧其期。自是黔峽往往建立虎媒之祠焉，今尚有存者。

校志

一、本文據《太平廣記》卷四二八與商務《舊小說》第五集校錄，予以分段，並加上標點符號。

註釋

❶乾元——唐肅宗年號，共二年。

❷吏部尚書張鎬，貶辰州司戶——張鎬字從周，博州人。肅宗時，拜中書侍郎同中書門下平章事（宰相）。因史思明歸順，鎬認為其人色藏不側，為小人所譖，貶辰州司戶參軍。思明後果叛！

❸為已尅迎日，而鎬左遷——已居迎娶之日，而張鎬貶官。（裴冕——《新唐書》一百四十本傳，字章甫，河中河東人。玄宗入蜀，詔太子為天下兵馬元帥，拜冕御史中丞兼左庶子，為其副。太子在靈武即皇帝位，進冕中書侍郎同中書門下平章事。肅宗至鳳翔，罷冕政事，拜尚書右僕射。）

❹速裝南邁，以畢嘉禮——速理行裝向南走，完成婚禮。「速」，可能是「束」。束裝，整理行裝。

❺春仲拒辰百里——這句話有誤。依新書，鎬貶為辰州司戶。辰州在湖南，轄沅陵、瀘溪、辰谿、漵浦四縣。無論距長安、距藍田，都不止百里。

❻抱憂愓——抱憂懼之心。

❼跳入翳薈——跳進濃密的植物叢中。

❽計力俱盡——計畫也沒了，人力也沒了！

❾徒求骸骨——徒步找屍骨。

❿遇水次板屋——遇見水邊的平房。

⓫掃拂即之憩焉——打掃、拂去灰塵，就榻休息。

⓬闞喝之——按闞、虎怒貌。闞喝，像老虎一般暴怒喝叫，意在嚇退老虎。

⓭舁之登舟——抬上船。

五十九、丁嵒

貞元十四年❶，申州多虎暴，白晝噬人。時淮上阻兵，因以武將王瀓牧申州❷焉。瀓至，則大修擒虎具。兵仗坑穽，靡不備設❸。又重懸購：得一虎，而酬十縑焉❹。有老卒丁嵒者，善為陷穽。遂列於太守❺，請山間至路隅，張設以圖之。瀓既許，不數日而獲一虎焉。虎在深坑，無施勇力。嵒遂俯而下視，加以侮誚❻。虎則跳躍哮吼，怒聲如雷。而聚觀之徒，千百其衆。

嵒衒其計得，誇喜異常。時方被酒，因為衣襟罥挂樹根❼。而墜穽中。衆共嗟駭，謂靡粉於暴虎之爪牙矣。及就窺，嵒乃端坐，而虎但瞪視耳。

嵒之親愛憂嵒，乃共設計，以轆轤下巨索，伺嵒自縛，當遽引上。或希十一之全。嵒得索，則纏縛腰肢，揮手。外人則共引之。去地三二尺，其虎則以前足捉其索而留焉。意態極仁❽。如此數四，嵒因而謂之曰：「爾輩縱暴，入郭犯人❾，事須剪除，理宜及此。顧爾之命。且在頃刻。吾因沉醉，誤落此中。衆所未便屠者，蓋以我故也。爾若損我，固激怒衆人，我氣未絕，即當薪火亂投，爾為灰燼矣。爾若不從，吾當啓白太守，捨爾之命。冀爾率領群輩，遠離此土。斯亦渡河他適。爾所知者矣。我當質之天日，不渝此約⑩。」

其虎諦聽，若有知解，嵩則引繩，衆共出之。虎乃弭耳矚目⑪，不復留。

嵩既得出，遂以其事白於邦伯⑫，曰：「今殺一虎，不足禳群輩之暴⑬。況與試約，乞捨之。冀其率侶四出，管界獲寧耳⑭。」徽許之。嵩遂以太守之意丁寧告諭，虎於陷中踴躍盤旋。如荷恩施，嵩即積土坑側。稍益淺。猶深丈許。虎乃躍而出，奮迅躑騰，嘯風而逝⑮。

自是旬朔之內，群虎屏跡⑯。而山野晏然矣。吁、保全軀命之計，雖在異類。亦有可觀者焉。若暴虎之猛悍，況厄陷穽。得人固當恣其狂怒，決裂噬齧，以豁其情。斯虎乃因嵩以圖全，而果諧焉。何其智哉！而嵩能以言詞誘諭，通於強戾，果致族行出境之異。況免挂罥之害，又何智哉！斯乃信誠交感之致耳。於戲，信誠之為物也，何其神歟?!

校志

一、本文據《太平廣記》卷四二九與商務《舊小說》第五集校錄，予以分段，並加注標點符號。

二、「兵仗坑穽」，《廣記》作「坑穽」。以《廣記》為是。

註釋

❶貞元十四年——貞元、唐德宗年號。共二十年。自西元七八五至八〇四年。

❷以武將王徵牧申州——以王徵為申州牧。州牧，一州之長。

❸兵仗坑穽，靡不備設——兵仗：兵器。穽、即阱。（《廣記》作坑穽。字典中無穽字。）無不備設應用。

❹縑——雙絲繒。以極細之絲，紡成之絹。細緻異於常絹，不透水。

❺列於太守——列：陳。如列表。列於太守，把名字列名呈給太守。

❻加以侮誚——以言辭侮辱，譏誚。

❼罥挂樹根——罥：結。繫。把衣服繫挂樹根上。
❽意態極仁——態度十分和善。
❾入郭犯人——到城郭中來噬人。咬人。
❿不渝此約——不會背此約定。不渝：不易。不變。
⓫弭耳矚目——弭、息也。服也。垂耳注目。
⓬邦伯——即州牧。
⓭禳群輩之暴——禳除群虎之暴。
⓮冀其率侶四出，管界獲寧——希望牠率同伴四散出境，使管區能獲得安寧。
⓯奮迅躑騰，嘯風而逝——奮力騰身而出，追風而逝去。
⓰群虎屏跡——虎群絕跡。屏：退。隱。如屏居。屏退左右。

六十、王瑤

漢州西四十五里，有富叟王瑤。所居水竹園林，占一川之勝。而往來之人，多迂道以經焉❶。既至，瑤必盡誠接待。

有賣瓦金石生者，常言住在西山，每來必休於此。積十數年。率五日一至。瑤密異之。外視其所買，又非山中所用者。

一日，瑤伺其來，因竭力奉之。石亦無媿。近晚將去，瑤曰：「思至生居，為日久矣。今者幸願階焉。」石生曰：「吾敝土窮山，不足為訪。」瑤即隨行十數里。暝色將起。石生曰：「爾可還矣。」瑤曰：「竊慕高躅，願效誠力❷。但生所欲，皆可以奉。所以求知其居焉。」石生固辭。瑤追從不已。

石生忽以柱杖畫地，遂為巨壑。而身亦騰為白虎。哮、吼、顧瞻。

瑤驚駭惶怖，因蒙面匍匐而走。

明日再往，曾無人跡。自是，石生不復經過矣。

校志

一、本文據《太平廣記》卷四三二與商務《舊小說》校錄，予以分段，並加注標點符號。

註釋

❶迂道以經——繞道經過。（為了看王瑤的水竹園林。）

❷竊慕高躅，願效誠力——竊慕您的高跡，願心誠相效。

六十一、崔韜

崔韜，蒲州❶人也。旅遊滁州❷，南抵歷陽❸。曉發滁州，至仁義館宿。館吏曰：「此館凶惡。幸無宿也。」韜不聽，負笈昇廳❹。館吏備燈燭訖而去。韜至二更展衾❺。方欲就寢，忽見館門有一大足如獸，俄然其門豁開❻。見一虎自門而入。韜驚走於暗處。潛伏視之。見獸於中庭脫去獸皮，見一女子奇麗嚴飾，昇廳而上。乃就韜衾。

韜出問之曰：「何故宿余衾而寢？韜適見汝為獸，入來何也？」女子起謂韜曰：「願君子無所怪。妾父兄以畋獵為事，家貧欲求良匹，無從自達。乃夜潛將衾皮為衣，知君子宿於是館，故欲託身以備灑掃。前後賓旅，皆自怖而殞❼。妾今夜幸逢達人，願察斯志。」韜曰：「誠如此意，願奉懽好。」

來日，韜取獸皮衣棄廳後枯井中。乃挈女子而去。後韜明經擢第，任宣城時，韜妻及男將赴任，與俱行月餘，復宿仁義館。韜笑曰：「此館乃與子始會之地也。」韜往視井中獸皮衣，宛然如故。韜又笑謂其妻子曰：「注日卿所著之衣猶在。」妻曰：「可令人取之。」既得。妻笑謂韜曰：「妾試更著之。」接衣在手，妻乃下階，將獸皮衣著之。纔畢，乃化為虎。跳躑哮吼，奮而上廳，食子及韜而去。

校志

一、本文依據《太平廣記》卷四三三與商務《舊小說》第五集校錄，予以分段，並加注標點符號。

二、文後述崔妻復反為虎，把丈夫和兒子都吃掉了才離開。虎有多大？豈能一次吃掉大小兩個人？此文大有矛盾！

註釋

❶蒲州——在山西省。唐改為河中府。

❷滁州——在安徽省。轄全椒、來安二縣。歐陽修〈醉翁亭記〉中之醉翁亭，即在其地。

❸歷陽——可能是歷下，或歷城。在今山東省。

❹負笈昇廳——笈、書箱。背負書箱，走入聽中。

❺展衾——打開舖蓋。打開棉被。

❻豁開——豁、開貌。

❼自怖而殞——給嚇死了。

六十二、楊褒

楊褒者，廬江人❶也，褒旅遊至親知，舍其家。貧無備，舍唯養一犬。欲烹而飼之。其犬乃跪前足，以目視褒。異而止之。不令殺。乃求之。親知奉褒，將犬歸舍。經月餘，常隨出入。

褒妻乃異志於褒，褒莫知之。經歲餘後，褒妻與外密契，欲殺褒❷。褒是夕醉歸。妻乃伺其外來殺褒。既至，方欲入室，其犬乃齧折其足❸。又咬褒妻。二人俱傷甚矣。鄰里俱至救之。褒醒，見而搜之，果獲其刀❹。鄰里聞之，送縣推鞫❺，妻以實告。褒妻及懷刀者並處極法❻。

校志

一、本文據《太平廣記》卷四三七與商務《舊小說》第五集校錄，予以分段，並加注標點符號。

註釋

❶盧江——盧江屬安徽，在合肥縣南。

❷褒妻與外密契，欲殺褒——楊褒的妻子和她的外遇祕密約定，要殺褒。

❸其犬乃齧折其足——狗將外遇的足給咬斷。

❹果獲其刀——從奸夫身上把刀給搜出來了。

❺送縣推鞠——送到縣衙門裡受審（推鞠）。

❻妻及懷刀者並處極法——妻與懷帶兇刀的姦夫俱被判處死刑。

六十三、鄭韶

鄭韶者，隋煬帝時左散騎常侍❶。大業中❷授閬中太守。韶養一犬，憐愛過子。韶有從者數十人，內有薛元周者，韶未達之日已事之。韶遷太守，略無恩恤。元周忿恨，以刀久伺其便，無得焉。

時在閬中，隋煬帝有使到。韶排馬造迎之。其犬乃銜拽衣襟，不令出宅❸。館吏馳告云：「使入。」鄭韶將欲出。為犬拽衣不放。韶怒，令人縛之於柱。韶出使宅大門，其犬乃掣斷繩而走，依前拽韶衣不令去。

韶撫犬曰：「汝知吾有不測之事乎？」犬乃嗥吠，跳身於元周隊內，咬殺薛元周。韶差人搜元周衣下，果藏短劍耳。

校志

一、本文據《太平廣記》卷四三七與商務《舊小說》第五集《集異記》校錄，予以分段，並加注標點符號。

註釋

❶左散騎常侍——隋門下省長官為納言，正三品。散騎常侍，從三品。屬清流散官。

❷大業——煬帝年號，共十四年，相當西元六〇六至六一八年。

❸銜拽衣襟，不令出宅——拽：引。拖。銜住衣襟，將人拖住，不讓出門。

六十四、柳超

柳超者，唐中宗朝為諫議大夫❶。因得罪，黜於嶺外。超以清儉自守，凡所經州郡，不干撓，廉牧以自給。而領二奴掌閣掌書并一犬至江州。

超以鬱憤成疾❷。二奴欲圖其資裝，乃共謀曰：「可奉毒藥於諫議，我等取財，而為良人❸，豈不好乎？」掌書曰：「善。」

掌閣乃啓超曰：「人言有密詔到，不全諫議命。諫議家族，將為奈何？❹」超曰：「然。汝等當修饌。伺吾食畢，可進毒於吾。吾甘死矣。」

掌閣等聞言，乃備珍饌。掌閣在廚修辦，掌書進之於超。超食次。忽見其犬。乃分與食之。涕泣撫犬曰：「我今日死矣，汝託於何人耶？」犬聞之不食。走入廚，乃咬掌閣喉。復至堂前嚙掌書❺。二奴俱為犬所殺。超未曉其事。後經數日，敕詔還京，而復雪免。方知其犬之靈矣。

校志

一、本文據《太平廣記》卷四三七與商務《舊小說》第五集《集異記》校錄，予以分段，並加注標點符號。

註釋

❶諫議大夫——唐中央分三省：尚書、中書與門下。門下省長官為侍中，正三品。諫議大夫四人，正五品上，掌侍從贊相。規諫諷議。

❷超以鬱憤成疾——柳超實未犯錯，為人所誣，不免抑鬱憤慨，遂致生病。

❸而為良人——唐時良民與奴隸之分甚為明顯。二奴想殺害柳超，謀財以贖身為良人。

❹諫議家族一小段——二奴威脅柳超，認為朝廷已有密詔，不但柳超有罪，且將誅連家族。若是先行了斷，罪將不及家族。乃是示意要柳超自盡。

❺嚙掌書——把掌書咬死。嚙：齩。咬。

六十五、盧言

盧言者，上黨人也❶，常旅泊他邑。路行，忽見一犬，羸瘦將死矣。言憫之，乃收養。經旬日，其犬甚肥悅。自爾凡所歷郡邑，悉領之。後將抵亳❷，忽於市肆遇友人邀飲，大醉而歸，乃入房就寢。

俄而鄰居火發，犬忙迫，乃上床，於言首嗥吠❸。乃銜衣拽之❹。言忽驚起，乃見火已爇其屋柱❺，避走而出，方免斯難。

校志

一、本文據《太平廣記》卷四三七校錄，並加注標點符號。

註釋

❶上黨——今山西省長治縣。
❷亳——今河南商丘。
❸於言首嗥吠——在盧言的頭邊大吼大叫。
❹乃銜衣拽之——口銜盧言的衣服，拽他走。即拖他走。
❺火已爇其屋柱——火已燒到他房間的屋柱了。

六十六、田招

田招者，廣陵人❶也。貞元❷初，招以他事至於宛陵❸。時招有表弟薛襲在彼。襲見招至，主禮極厚。因一日招謂襲曰：「我思犬肉食之。」襲乃諸處覓之。了不可得。招曰：「汝家內犬何用？可殺而食之。」襲曰：「此犬養來多時，誰忍下手？」招曰：「吾與汝殺之。」言訖。招欲取犬，忽乃失之。莫可求覓。

後經旬日，招告襲將歸廣陵。襲以親表之分，遂重禮而遣之。招出郭❹，至竹室步歇次❺，忽見襲犬在道側。招認而呼之，其犬乃搖尾隨之。招夜至旅店。將宿，其犬亦隨而宿之。伺招睡，乃咋其首銜歸焉❻。

襲懼，遂以茲事白於州縣。太守遣人覆驗，異而釋之。

校志

一、本文據《太平廣記》卷四三七與商務《舊小說》第五集《集異記》校錄，予以分段，並加注標點符號。

註釋

❶廣陵——即今日的揚州（江都）。

❷貞元——唐德宗年號。

❸宛陵——縣名。今屬河南省。隋、唐時之宛陵，似是今日安徽省的宜城縣。

❹招出郭——郭、外城。

❺至竹室步歇次——「室步」費解。

❻咋其首銜歸焉——咋：啖。嚙。咬了他的頭銜回來。

六十七、裴度

裴令公度❶性好養犬。凡所宿設燕會處，悉領之。所食物餘者，便和椀❷與犬食。時子婿李甲見之，數諫。

裴令曰：「人與犬類❸，何惡之甚？」

犬正食，見李諫，乃棄食。以目視李而去。

裴令曰：「此犬人性，必讐於子，竊慮之。」李以為戲言。

將欲午寢，其犬乃蹲而向李。李見之，乃疑犬讐之❹。犬見未寢，又出其戶。

李見犬去後，乃以巾櫛安枕❺，以被覆之，其狀如人寢。李乃藏於異處❻視之。

逡巡，犬入其戶，將謂李已睡。乃跳上寢床，當喉而嚙❼。嚙訖知謬，犬乃下床憤跳，號吠而死。

校志

一、本文據《太平廣記》卷四三七校錄，並加注標點符號。

註釋

❶裴度——裴度字中立，河東聞喜人。個子不高大，不具貴相，而神觀邁爽，操守堅正，善占對。出將入相，平定蔡州等地，為一代宗臣。曾任中書令、故人稱裴令。又封晉國公，故亦稱裴晉公。

❷椀——同盌，小盂也。

❸人與犬類——謂犬通人性。

❹疑犬讐之——懷疑犬仇恨他。

❺以巾櫛安枕——把圍巾、梳子等，假裝人頭，安於枕上。

❻藏於異處——躲在別的地方。

❼嚙——咬。

六十八、朱休之

有朱休之者，元嘉❶中，與兄弟對坐之際，其家犬忽蹲視二人而笑。因搖頭而言曰：「言我不能歌，聽我歌梅花。今年故復可，那汝明年何？」其家斬犬不殺。至梅花時，兄弟相鬥，弟奮戟傷兄，收繫經年。至夏，舉家疫死。

校志

一、本文據《太平廣記》卷四五八校錄，並加注標點符號。

註釋

❶元嘉——東漢桓帝年號。也是南朝宋文帝年號。

六十九、胡志忠

處州❶小將胡志忠，奉使之越❷。夜夢一物，犬首人質❸。告忠曰：「某不食歲餘，聞公有會稽之役，必當止吾館矣。能減所食見沾乎？」

忠夢中不諾。明早遂行，夜止山館。

館吏曰：「此廳常有妖物，或能為祟。不待寢食，請止東序❹。」

忠曰：「吾正直可以御鬼怪，勇力可以排奸邪，何妖物之有？」促令進膳。

方下箸次❺，有異物，其狀甚偉。當盤而立，侍者懾退，不敢傍顧。

志忠澈炙❻，乃起而擊之。異物連有傷痛之聲，聲如犬。語甚分明，曰：「請止請止。若不止，未知誰死。」忠運臂愈疾。

異物又疾呼曰：「斑兒何在？」續有一物自屏外來，閃然而進。忠又擊之。然冠隳帶解，力若不勝❼。僕夫無計能救，乃以箠撲，羅曳入於東閤❽。顛仆之聲，如壞牆然。

未久，志忠冠帶儼然而出，復就盤命膳，卒無一言。唯顧其閤，時時咨嗟而已。

明旦將行，封署其門。囑館吏曰：「俟吾回駕，而後啓之。」爾若潛開，禍必及爾。言訖遂行。旬餘乃還，止於館。索筆硯，泣題其戶曰：「恃勇禍必嬰❾，恃強勢必傾❿。胡為萬金子，而與惡物爭？休將逝魄趨府庭⓫，止於此館歸冥冥⓬。」題訖，以筆擲地，而失所在。執筆者甚怖，覺激風觸面而散。

吏具狀申，刺史乃遣吏啓其戶。而志忠與斑黑二犬，俱仆於西北隅矣。

校志

一、本文據《太平廣記》卷四三八與商務《舊小說》第五集《集異記》校錄，予以分段，並加注標點符號。

註釋

❶處州——府名。府治在今浙江麗水縣西。

❷越——大約在今浙江之紹興縣附近。

❸犬首人質——身如人，首為犬。

❹請止東序——大廳屬屋的中心，其左為左序。右為右序。

❺方下箸次——箸、同箸。俗稱「筷」。

❻徹炙——把炙肉拿下去。徹去。

❼力若不勝——氣力似乎沒有了。

❽以篲撲，羅曳入於東閣——篲：掃帚。用掃把撲打，推進東閣中。

❾恃勇禍必嬰——恃匹夫之勇，必定遭遇到禍害。嬰：蒙受。

❿恃強勢必傾——認為自己很強，其勢必傾敗。

⓫休將逝魄趨府庭——不要把死人趨奔府庭。

⓬止於此館歸冥冥——只有在這裡赴陰冥了！

七十、李汾

李汾秀才者，越州上虞人❶也。性好幽寂，常居四明山。山下有張老莊，其家富。多養豕。

天寶末❷中秋之夕，汾步月於庭。撫琴自惜。忽聞戶外有歎美之聲。問之曰：「誰人夜久至此山院？請聞命矣。」

俄有女子笑曰：「冀觀長卿之妙耳❸。」

汾啓戶視之，乃人間之極色也。唯覺其口有黑色。

汾問曰：「子得非神仙乎。」

女曰：「非也，妾乃山下張家女也。夕來以父母暫過東村，竊至於此，私面君子。幸無責也。」

汾欣然曰：「娘子既能降顧，聊可從容❹。」

女乃昇階展敘，言笑談謔，汾莫能及。夜闌就寢，備極繾綣。俄爾晨雞報曙，女起告辭。汾意惜別，乃潛取女青氈履❺一隻，藏於笥中❻。時汾欹枕假寐，女乃撫汾悲泣，求索其履。

曰：「願無留此，今夕再至。脫君留之❼，妾身必死謝於君子。」

汾不允。女號泣而去。

汾覺。視床前鮮血點點出戶。汾異之，乃開笥，視青氈履，則一豬蹄殼耳。

汾惶駭，尋血至山前張氏溷❽中，見一牝豕，後足刓一殼❾。豕視汾，瞋目咆哮，如有怒色。汾以事白張叟，叟即殺之。汾乃棄山院，別遊他邑。

校志

一、本文據《太平廣記》卷四三九校錄，並加注標點符號。

註釋

❶越州上虞人——今紹興。上虞今為上虞縣，唐屬紹興府。

❷天寶末——天寶、唐玄宗年號。共十五年。自西元七四二至七五六年。

❸冀覩長卿之妙耳——漢司馬相如字長卿，貧，探知富人卓王孫之女卓文君新寡，乃以琴挑之。文君即夜奔相如。女郎聞琴，故對李芬說：「想聽足下如司馬相如的琴藝。」

❹既能降顧，聊可從容——既然能夠下顧，當可從從容容。即不須急急離開。

❺青氈履——青色毛製鞋子。氈、氊、毡，同是一個字。

❻笥——竹製裝衣服的用具。

❼脫君留之——脫、倘若。

❽溷——豬所居也。

❾後足刓一殼——刓：削。後腳被削去一層殼。

七十一、張華

張華字茂先❶，晉惠帝時為司空。于時燕昭王❷墓前，有一斑狸，積年能為幻化。乃變作一書生，欲詣張公❸。過問墓前華表❹曰：「以我才貌，可得見張司空否？」華表曰：「子之妙解，為無不可。但張司空智度，恐難籠絡❺。出必遇辱，殆不得返。非但喪子千歲之質，亦當深誤老表。」

書生不從。遂詣華。華見其總角風流❻，潔白如玉，舉動容止，顧盼生姿，雅重之❼。於是論及文章，辨校聲實❽，華未嘗聞此。復商略三史，探頤百家❾。談老莊之奧區，被風雅之絕旨❿。包十聖，貫三才⓫，箴八儒，擿五禮⓬，華無不應聲屈滯⓭。乃歎曰：「天下豈有此年少？若非鬼怪，則是狐狸。」

書生乃曰：「明公當尊賢容眾，嘉善而矜不能⓮。奈何憎人學問？墨子兼愛⓯，其若是耶？言卒，便請退。華已使人防門，不得出。

既而又謂華曰：「公門置甲兵欄騎，當是疑于僕也。將恐天下之人，捲舌而不言。

智謀之士，望門而不進。深為明公惜之。」華不應，而使人禦防甚嚴。

豐城令雷煥，博物士也。謂華曰：「聞魑魅忌狗⑯，所別者數百年物耳。千年老精，不復能別。唯有千年枯木，照之則形見。」

燕昭王墓前華表，已當千年，乃遣人伐之。使人既至。華表歎曰：「老狸自不自知，果誤我事！」于華表空中，得青衣小兒，長二尺餘。將還至洛陽，而變成枯木。燃之以照書生，乃是一斑狸。茂先歎曰：「此二物不值我，千年不可復得！」

校志

一、本文據《太平廣記》卷四四二校錄，予以分段，並加注標點符號。

註釋

❶張華——字茂先，范陽方城人。少孤貧，牧羊為生。學業優博，朗瞻多通，圖緯方伎之書莫不詳覽。晉武帝時拜中書令。惠帝時任司空，後為趙王倫與孫秀等所害。夷三族。著「博物

志」十篇。

❷燕昭王——昭王名平，召公奭之後，與周同姓——姓姬。周武王滅紂，封召公於北燕。

❸欲詣張公——老狸想去見張華。詣：往也，至也。

❹墓前華表——古人墓前樹立一木，「表王者納諫」，或表識衢路。也有「以橫木交柱頭」的，今日人仍多用之。

❺司空智度，恐難籠絡——張華司空的機智度量，恐不容易拉攏的。

❻總角風流——男子未冠，把頭髮梳成兩個髻，叫總角。風流：舉止蕭散、品格清高。

❼雅重之——相當看重他。

❽辨校聲實——聲、名。聲實是否相符，予以辨別。

❾商略三史，探賾百家——書、詩、春秋為三史。商略：討論。賾探百家，研究百家之學。賾、此字不見字典。有誤。

❿談老莊之奧區，被風雅之絕旨——談論老子和莊子的奧妙之處，奧區：本指腹地。受到風雅絕旨的影響。

⓫包十聖，貫三才——三才：天、地、人。十聖不知何指。

⓬箴八儒，擿五禮——五禮謂吉、凶、賓、軍、嘉。八儒不知。這幾句話的意思，無非形容老狸所變書生之學問淵博而已。

⓭應聲屈滯——張華聽老狸解說，不覺屈服、話也說不順（滯）了。

⓮尊賢容眾，嘉善而矜不能——這是《論語》中孔子所說的話：君子要尊重賢者，容納眾人，欣賞能幹的人。矜惜低能者。

⓯墨子兼愛——墨子主張兼愛。

⓰魑魅忌狗——魑魅：山川之神。現今說「魑魅魍魎」，都是指「妖魔鬼怪」、「牛鬼蛇神」。

七十二、崔商

元和中❶，荊客崔商上峽之黔❷。秋水既落，舟行甚遲。江濱有溪洞，林木勝絕。商因杖策徐步，窮幽深入。

不三四里，忽有人居。石橋竹扉，板屋茅舍，延流詰曲，景象殊迥❸。商因前詣。有尼衆十許延客。姿貌言笑，固非山壑之徒。即升其居。見庭內舍上，多曝果栗，及窺其室，堆積皆滿。須臾。則自外齎負衆果累累而去❹。商謂其深山窮谷，非能居焉。疑為妖異，忽遽而返。衆尼援引留連❺。詞意甚懇。

商既登舟，訪於舟子，皆曰：「此猿猱耳❻。前後遇者非一，賴悟速返。不爾，幾為所殘。」

商即聚僮僕，挾兵杖，亟往尋捕，則無蹤跡矣。

校志

一、本文據《太平廣記》卷四四五校錄，予以分段，並加注標點符號。

註釋

❶元和——唐憲宗年號。計十五年。自西元八〇六至八二〇年。

❷荊客崔商上峽之黔——湖北襄陽人崔商，經過三峽，去貴州。

❸延流詰曲，景象殊迥——流水長長的，彎彎曲曲，景象特殊。

❹自外齎負眾果累累而去——齎、音躋。付。抱。

❺援引留連——依戀不忍去。眾尼要求崔商留連下來。

❻猿猱——猿、較猴子大的靈長類動物。猱：也是猿類動物。

七十三、徐安

徐安者，下邳人❶也。好以漁獵為事❷。安妻王氏，貌甚美。人頗知之。開元五年❸秋，安遊海州❹，王氏獨居下邳。忽一日有一少年，狀甚偉。顧王氏曰：「可惜芳艷，虛過一生❺。」王氏聞而悅之。遂與之結好，而來去無憚❻。安既還，妻見之，恩義殊隔。安頗訝之❼。其妻至日將夕，即飾粧靜處。至二更乃失所在。迨曉方回，亦不見其出入之處。他日安潛伺之，其妻乃騎故籠，從窗而出，至曉復返。

安是夕閉婦於他室，乃詐為女子粧飾，袖短劍騎故籠以待之。至二更，忽從窗而出。逕入一山嶺，乃至會所。帷幄華煥，酒饌羅列❽，座有三少年。安未及下，三少年曰：「王氏來何早乎？」安乃奮劍擊之，三少年死於座。

安復騎籠，即不復飛矣。俟曉而返❾。視夜來所殺少年，皆老狐也。安到舍，其妻是夕不復粧飾矣。

校志

一、本文據《太平廣記》卷四五〇與商務《舊小說》第五集《集異記》校錄，並加注標點符號。

註釋

❶下邳——今江蘇宿遷縣。

❷好以漁獵為事——捕魚田獵之事。

❸開元五年——開元、唐玄宗年號。五年，約當西元七一五年。開元計二十九年。

❹海州——今江蘇省東海縣。

❺可惜芳艷，虛過一生——可惜香豔美人，卻虛度歲月。

❻與之結好，來去無憚——王氏乃與少年相好，來去都毫無忌憚。

❼恩義殊隔。安頗訝之——妻子對他似乎恩義俱斷，徐安頗覺訝異。

❽帷幄華煥，酒饌羅列——帷帳十分華麗煥爛，美酒佳餚羅列一旁。

❾俟曉而返——因為古籠已不能飛起，只好等到天曉才返回家中。

七十四、僧晏通

晉州長門縣❶有沙門晏通修頭陀法，將夜，則必就藂林亂塚❷寓宿焉。雖風雨露雪，其操不易。雖魑魅魍魎❸，其心不搖。

月夜，棲於道邊積骸之左。忽有妖狐踉蹌而至❹。初不虞晏通在樹影❺也。乃取髑髏安於其首，遂搖動之。儻振落者，即不再顧。因別選焉。不四五，遂得其一。？然而綴❻。乃褰擷木葉草花❼，障蔽形體。隨其顧眄，即成衣服。須臾化作婦人，綽約❽而去。乃於道右，以伺行人。

俄有促馬南來者。妖婦遙聞，則慟哭於路。過者駐騎問之，遂對曰：「我歌人也。隨夫入奏。今曉夫為盜殺，掠去其財。伶俜孤遠❾，思願北歸。無由致。脫能收採❿，當誓微軀。以執婢役。」

過者易定軍人也⓫。即下馬熟視。悅其都冶⓬，詞意叮嚀⓭。便以後乘挈行焉⓮。晏通遽出謂曰：「此妖狐也。君何容易？⓯」因舉錫杖叩狐腦，骷髏應手即墜。遂復形而竄焉。

校志

一、明鈔本廣記作「出纂異記」。
二、本文據談愷本《太平廣記》卷四百五十一校錄，予以分段，並加注標點符號。
三、第三段，「?然而綴」「然」上一字看不清楚。

註釋

❶晉州長門縣——晉州：今河北晉縣。
❷蒸林亂塚——蒸：叢。蒸林：叢林。亂塚：有如今日所謂之亂葬岡。
❸魑魅魍魎——魑魅：山川之神。魍魎：山川之精物。實指山野鬼怪妖精之類。
❹踉蹌而至——腳步不穩。亂走。或謂是「狼竄」的音誤。
❺不虞晏通在樹影——沒料到晏通藏身樹影之中。

❻？然而綴——然字上缺一字。

❼褰擷木葉草花——褰：揭也。擷：將取。

❽綽約——舒而不縱之意。

❾伶俜孤遠——伶俜：單子貌。孤：孤獨。

❿脫能收採——若願收留。

⓫易定軍人也——易定費解。

⓬都治——都：閑。雅。姣。治：妖媚。

⓭詞意叮嚀——叮嚀：鄭重囑咐之意。

⓮以後乘挈行——以附帶的馬帶她走。

⓯君何容易？——你怎麼如此容易上當！

七十五、薛夔

貞元末❶，驍衛將軍薛夔寓居永寧❷龍興觀之北。多妖狐，夜則縱橫，逢人不忌。

夔舉家驚恐。莫知所如。

或謂曰：「妖狐最憚獵犬。西鄰李太尉第中，鷹犬頗多。何不假其駿異者，向夕以待之？」

夔深以為然。即詣西鄰子弟具述其事。李氏喜聞，羈三犬以付焉。

是夕月明。夔縱犬，與家人輩密覘之❸。見三犬皆被羈靮❹，三狐跨之，奔走庭中。東西南北，靡不如意。及曉，三犬困殆，寢而不食。纔瞑，復為乘跨。廣庭蹴踘。犬稍留滯，鞭策備至。

夔無奈何，竟徙焉。

校志

一、本文據《太平廣記》卷四五四校錄，予以分段，並加注標點符號。

註釋

❶貞元末——貞元、唐德宗年號。共二十年。自西元七八五年至八〇四年。

❷永寧——貴州、山西、廣西、河南、雲南各省，均有永寧，未知孰是。

❸密覘之——偷偷的窺視。

❹羈靮——靮、音的。馬繮。

七十六、朱覲

朱覲者，陳蔡遊俠之士也。旅遊於汝南❶，栖逆旅。時主人鄧全賓家有女，姿容端麗，常為鬼魅之幻惑。凡所醫療，莫能愈之。

覲時過友人飲，夜艾方歸❷。乃憩歇於庭❸。至二更，見一人著白衣，衣甚鮮潔，而入全賓女房中。逡巡❹，聞房內語笑甚歡。不成寢。執弓矢於黑處，以伺其出。

候至雞鳴，見女送一少年而出。覲射之，既中而走。覲復射之，而失其跡。曉乃聞之全賓。遂與覲尋血跡。出宅可五里已來，其跡入一大枯樹孔中。令人伐之，果見一蛇，雪白，長丈餘。身帶二箭而死。

女子自此如故。全賓以女妻覲。

校志

一、本文據《太平廣記》卷四百五十六校錄，予以分段，並加注標點符號。

註釋

❶汝南——今河南汝南縣附近。

❷夜艾方歸——艾、久也。夜久方歸。

❸憩——憩：休息。憩歇於庭：在庭中歇息。

❹逡巡——逡巡本是卻退之意。此處有「片刻之間」的意思。

七十七、裴伷

唐裴伷，開元七年，都督廣州。仲秋夜漏未艾，忽然天曉。星月皆沒，而禽鳥飛鳴矣。舉郡驚異之。未能諭❶。然已晝矣。

裴公於是衣冠而出。軍州將吏則已集門矣。遽召參佐洎賓客至，則皆異之。但謂衆惑，固非中夜而曉。即詢挈壺氏❷，乃曰：「常夜三更尚未也。」裴公罔測其倪❸，因留賓客於廳事，共須日之昇❹。良久，天色昏暗，夜景如初。官吏則執燭而歸矣。

詰旦❺，裴公大集軍府，詢訪其說，而無能辨者。裴因命使四訪，闔界皆然。即令北訪湘嶺，湘嶺之北，則無斯事。

數月之後，有商舶自遠南至，因謂郡人云：「我八月十一日夜，舟行忽遇巨鼇出海❻，舉首北向，而雙目若日，照耀千里，毫末皆見。久之復沒，夜色依然。」徵其時，則裴公集賓寮之夕也。

校志

一、本文據《太平廣記》卷四六六與商務《舊小說》第五集《集異記》校錄，予以分段，並加注標點符號。

註釋

❶未能諭——未能知曉。

❷挈壺氏——掌刻漏之官。

❸罔測其倪——不知端倪。不知是怎麼一回事。

❹共須日之昇——須、等待。一起等太陽昇起來。

❺詰旦——明日。

❻巨鼇出海——海中之大鼇叫鼇。

七十八、鄧元佐

鄧元佐者，穎川❶人也，遊學於吳❷。好尋山水。凡有勝境，無不歷覽。因謁長城宰❸。延挹託舊❹，暢飲而別。將抵姑蘇❺，誤入一逕，甚險阻紆曲。凡十數里，莫逢人舍，但見蓬蒿而已。

時日色已暝，元佐引領前望，忽見燈火。意有人家，乃尋而投之。

既至，見一蝸舍❻，惟一女子，可年二十許。

元佐乃投之曰：「余今晚至長城，訪別乘醉而歸，誤入此道。今已侵夜，更向前道，慮為惡獸所損❼，幸娘子見容一宵，豈敢忘德。」

女曰：「大人不在，當奈何？況又家貧，無好茵席❽。祗侍君子不棄，即聞命矣。」元佐餒❾，因舍焉。

女乃嚴一土塌，上布軟草。坐定。女子設食。元佐餒而食之。極美。女子乃就元佐而寢。

元佐至明。忽覺其身臥在田中。旁有一螺，大如升子❿。元佐思夜來所餐之物，意甚不安，乃嘔吐，視之盡青泥也。

元佐嘆吒良久，不損其螺。元佐自此棲心於道門，永絕遊歷耳。

校志

一、本文據《太平廣記》卷四七一與商務《舊小說》第五集《集異記》校錄，予以分段，並加注標點符號。

註釋

❶穎川——今之河南省許昌縣。

❷吳——今江蘇曰吳。

❸長城——今浙江省長興縣。

❹延挹託舊——因是故舊好友，因而長敘。

❺將抵姑蘇——姑蘇、今江蘇省吳縣。

❻見一蝸舍——野人結圓舍如蝸牛，故曰蝸舍。

❼慮為惡獸所損——怕被野獸傷害。

❽無好茵席——如茵的好蓆。茵本作坐馬車的座墊。

❾元佐餧——餧、飢餓。

❿大如升子——螺大如升子——升，三十一點六立方寸。十合為一升。十升為一斗。十斗為一石。

七十九、王渙之

開元中詩人，王昌齡、高適、王渙之齊名❶。時風塵未偶，而遊處略同❷。一日，天寒微雪。三詩人共詣旗亭，貰酒小飲❸。忽有梨園伶官十數人，登樓會讌。三詩人因避席隈映❹，擁爐火以觀焉。

俄有妙妓四輩，尋續而至，奢華艷曳，都冶頗極❺。旋則奏樂，皆當時之名部也。昌齡等私相約曰：「我輩各擅詩名，每不自定其甲乙，今者可以密觀諸伶所謳❻，若詩入歌詞之多者，則為優矣。」俄而一伶，拊節❼而唱乃曰：「寒雨連江夜入吳，平明送客楚山孤。洛陽親友如相問，一片冰心在玉壺。」昌齡則引手畫壁曰：「一絕句。」尋又一伶謳之曰：「開篋淚霑臆，見君前日書。夜臺何寂寞，猶是子雲居。」適則引手畫壁曰：「一絕句。」尋又一伶謳曰：「奉帚平明金殿開，且將團扇共徘洄。玉顏不及寒鵶色，猶帶昭陽日影來。」昌齡則又引手畫壁曰：「二絕句。」

渙之自以得名已久，因謂諸人曰：「此輩皆潦倒樂官，所唱皆巴人下里之詞耳，豈陽春白雪❽之曲俗物敢近哉？」因指諸妓之中最佳者曰：「待此子所唱，如非我詩，吾即終身不敢與子爭衡矣。脫是吾詩❾，子等當須拜床下，奉吾為師。」因歡笑而俟之。須臾次至雙鬟發聲，則曰：「黃河遠上白雲間，一片孤城萬仞山。羌笛何須怨楊柳，春風不度玉門關。」渙之即擨歈❿二子曰：「田舍奴，我豈妄哉！」因大諧笑。

諸伶不喻其故，皆起詣曰：「不知諸郎君何此歡噱？」昌齡等因話其事。諸伶競拜曰：「俗眼不識神仙，乞降清重⓫，俯就筵席。」三子從之，歡醉竟日。

校志

一、本文據世界書局顧氏文房小說本《集異記》與商務印書館《舊小說》第五集《集異記》校錄，並加上標點符號。

二、此文《太平廣記》中未列入。

三、昌齡、渙之、高適三人旗亭飲酒賭詩，明胡應麟認為絕不可能。見胡氏所著《少室山房筆叢》。但此等才人風流韻事，一般讀書人都「寧可信其有」。且不論王、高等是否有此旗亭飲酒事，此等故事，不能說不可能在其他詩人身上發生過。此一故事，幾經文人翻成劇本，供人搬演。只是「黃河遠上」一詩，乃詩人王之渙所著，與王渙之無關。或有選本逕將題目「王渙之」改為「王之渙」。

註釋

❶開元中詩人，王昌齡、高適、王渙之齊名——開元為唐玄宗年號。王渙之疑為王之渙。

❷風塵未偶，遊處略同——未偶：未遇。沒有發達。三人常常一同遊處。

❸共詣旗亭，貰酒小飲——一同到市樓，賒酒小酌。

❹避席隈映——避開亮處，到陰暗一點的角上。

❺奢華艷曳，都冶頗極——奢華，以現今語來說：一身名牌服飾。豔：豐美。曳，步態。搖曳生姿。都、都麗。冶、妖冶。

❻謳——徒歌曰謳。清唱。

❼節——樂器。拊節，擊打節。

❽巴人下里，陽春白雪——陽春白雪，高深歌曲。下里巴人，村謠民歌等初級歌謠。

❾脫是吾詩——若是我的詩。

❿撇歈——揶揄。取笑。

⓫乞降清重——請各位清高尊重的身分下臨。

八十、韋知微

開元❶中，士人韋知微者，選授越州蕭山縣令。縣多山魈❷，變幻百端。無敢犯者。而前後官吏，事之如神。然終遭其害。知微既至，則究其窟宅，廣備薪采，伺候集聚，因環薪縱火❸。衆持兵刃，焚殺殆盡。而邑中累月蹤跡杜絕。

忽一日晨朝，有客詣縣門。車馬風塵，僕馭憔悴。投刺請謁曰：「蘭陵蕭慥。」知微初不疑慮，即延入上座。談論笑謔，敏辯無雙。知微甚加顧重，因授館休焉❹。

客乃謂知微曰：「僕途經峽中，收得猴雛，智能可玩。敬以奉貺❺。」乃出懷中小合開之，而有獼猴。大纔如栗。跳躑宛轉，識解人情。知微奇之。因攜入誇異於宅內。獼猴於是騰躍踴駭❻，化為虎焉。扃閉不及，兵仗靡加。知微闔門，皆為啗噬❼子遺無有矣❽。

校志

一、本文據商務《舊小說》第五集與世界《集異記》校錄，予以分段，並加注標點符號。

二、本文未見於《太平廣記》中。

註釋

❶開元——唐玄宗年號，共二十九年。

❷山魈——狒狒一類的動物。

❸究其窟宅，廣備薪采，伺候集聚，因環薪縱火——找出牠們的窩，等牠們群聚一起之時，四面堆薪柴，而後縱火。要把山魈都給燒死。

❹授館休焉——給他客房休息。

❺奉貺——貺、音況，賜也。奉貺：奉贈。

❻騰躍踴駭——踴、跳也。駭：起也。意謂翻騰跳躍。

❼啗嚙——啗：食。嚙：咬。

八十一、狄梁公❶

狄梁公姓閑醫藥，尤妙針術❷，顯慶❸中，應制❹入關，路由華州❺。闤闠之北，稠人廣衆，聚觀如堵❻。狄梁公引轡遙望，有巨牌大字云：「能療此兒，酬絹千疋。」即就觀之。有富室兒，年可十四五，臥牌下。鼻端生贅，大如拳石❼。根蔕綴鼻，纔如食箸❽。或觸之，酸痛刻骨。於是兩眼為贅所縋，目睛翻白❾。痛楚危極，頃刻將絕。惻然久之。乃曰：「吾能為也。」其父母泊親屬，叩顙祈請❿。即輦千絹置於坐側⓫。公因令扶起。即於腦後下針寸許，仍詢病者曰：「針氣已達病處乎。」病人頷之⓬。公遽抽針，而瘤贅應手而落。雙目登亦如初。曾無病痛。其父母親眷，且泣且拜，則以縑物奉焉⓭。公笑曰：「吾哀爾命之危逼，吾蓋急病行志耳，非鬻伎者也⓮。」不顧而去。

校志

一、本文據商務《舊小說》第五集與世界顧氏文房本《集異記》校錄，並加注標點符號。

註釋

❶狄梁公——唐狄仁傑，武則天時為宰相。封梁國公。

❷姓閑醫藥，尤妙針術——姓、同性。閑：動作熟習。狄仁傑性喜醫藥，熟習醫藥。尤精於針術。

❸顯慶——唐高宗年號。

❹應制——義同應詔。

❺華州——屬陝西省。

❻闤闠——市肆。市場。按闤：市垣也。闠：市外門也。稠人廣眾，聚觀如堵。稠：多也。堵：牆。群眾如牆。

❼鼻端生贅，大如拳石——贅、贅疣。鼻端長了一個拳大的贅瘤，大如拳頭。
❽根蒂綴鼻，纔如食箸——贅疣的根蒂緣鼻而生，才如筷箸粗細。
❾兩眼為贅所縋，目睛翻白——兩眼被贅瘤所擠，兩眼眼球向上，露出較多的眼白。
❿其父母洎親屬，叩顙祈請——病重的父母及親人，叩頭請求。顙：髮下眉上部分。
⓫輦千絹置於坐側——以車裝了一千匹絹放在座位旁。
⓬病人頷之——病人說「是」的意思。
⓭以縑物奉焉——當即呈上縑。縑，絲繒。
⓮非鬻伎者也——不是賣技之人。

秀威經典　　語言文學類　PG1719　新視野32

教你讀唐代傳奇
——集異記

作　　者／劉　瑛
責任編輯／辛秉學
圖文排版／楊家齊
封面設計／王嵩賀

出版策劃／秀威經典
發 行 人／宋政坤
法律顧問／毛國樑　律師
印製發行／秀威資訊科技股份有限公司
114台北市內湖區瑞光路76巷65號1樓
電話：+886-2-2796-3638　傳真：+886-2-2796-1377
http://www.showwe.com.tw
劃撥帳號／19563868　戶名：秀威資訊科技股份有限公司
讀者服務信箱：service@showwe.com.tw
展售門市／國家書店（松江門市）
104台北市中山區松江路209號1樓
電話：+886-2-2518-0207　傳真：+886-2-2518-0778
網路訂購／秀威網路書店：http://www.bodbooks.com.tw
國家網路書店：http://www.govbooks.com.tw

2017年4月　BOD一版
定價：340元

國家圖書館出版品預行編目

教你讀唐代傳奇 : 集異記 / 劉瑛著. -- 一版.
-- 臺北市 : 秀威經典, 2017.04
面；　公分
BOD版
ISBN 978-986-94071-9-9(平裝)

857.241　　106004297

讀者回函卡

感謝您購買本書，為提升服務品質，請填妥以下資料，將讀者回函卡直接寄回或傳真本公司，收到您的寶貴意見後，我們會收藏記錄及檢討，謝謝！

如您需要了解本公司最新出版書目、購書優惠或企劃活動，歡迎您上網查詢或下載相關資料：http:// www.showwe.com.tw

您購買的書名：________________________________

出生日期：________年________月________日

學歷：□高中（含）以下　□大專　□研究所（含）以上

職業：□製造業　□金融業　□資訊業　□軍警　□傳播業　□自由業

　□服務業　□公務員　□教職　□學生　□家管　□其它_____

購書地點：□網路書店　□實體書店　□書展　□郵購　□贈閱　□其他

您從何得知本書的消息？

□網路書店　□實體書店　□網路搜尋　□電子報　□書訊　□雜誌

□傳播媒體　□親友推薦　□網站推薦　□部落格　□其他__________

您對本書的評價：（請填代號　1.非常滿意　2.滿意　3.尚可　4.再改進）

封面設計____　版面編排____　內容____　文／譯筆____　價格____

讀完書後您覺得：

□很有收穫　□有收穫　□收穫不多　□沒收穫

對我們的建議：________________________________

____

____

____

請貼
郵票

11466
台北市內湖區瑞光路 76 巷 65 號 1 樓

秀威資訊科技股份有限公司 收

BOD 數位出版事業部

（請沿線對折寄回，謝謝！）

姓　名：________ 年齡：________ 性別：□女 □男

郵遞區號：□□□□□

地　址：________

聯絡電話：(日)________ (夜)________

E-mail：________